Shahram Rahimian
Dr. N. liebt seine Frau mehr als Mossadegh

Shahram Rahimian

Dr. N. liebt seine Frau mehr als Mossadegh

Aus dem Persischen
von Tanja Amini

P. KIRCHHEIM VERLAG

Vor diesem wackeligen Holztisch bezeuge ich, dass Dr. Mohsen N. tot ist. Tot, wirklich und zweifellos tot. Ich erinnere mich, es war Spätnachmittag, als er begleitet vom Gezwitscher hunderter Spatzen im Sterben lag, während rote und gelbe Blätter von den kräftigen Zweigen der beiden Maulbeerbäume rieselten, und sich der Wohlgeruch von Seife, der den Altersgeruch seiner Liebsten nicht zu überdecken vermochte, mit der himmlischen Stimme der Sängerin Delkesch vermischte. Ja, beim Sonnenuntergang war sein Abschied von dieser schmerzvollen Welt, und wenn die Polizisten mit ihrem Eindringen ins Haus sein Sterben nicht durch das Grauen des Lebens beschmutzt und seine Totenruhe gestört hätten, wäre es nicht nötig, dass der Tote – sei es er selbst, sei es Dr. N. oder jemand ganz anderes, den selbst ich nicht kenne, – nur verhüllt von einer alten dünnen Decke auf seinem kalten, nackten Körper, von seinem Tod berichtet, der umgeben war vom süßen Duft der Liebe, dem befreienden Gefühl des Vergessens und dem maßlosen, schamlosen Erstaunen des Herrn Mossadegh. Ja, es wäre nicht nötig, gegenüber dem Kommissar zu stehen und zu fragen: »Herr Kommissar, was wollen Sie nur von mir?«

»Sie hatten kein Recht, die Leiche aus dem Krankenhaus

zu stehlen.«, antwortete der Kommissar. »Sie haben ein Verbrechen begangen. Ich hoffe, Sie sind sich über die Konsequenzen im Klaren!« »Herr Kommissar, ich habe doch keine Fremde gestohlen. Ich habe nur meine mir rechtmäßig angetraute Ehefrau nach Hause gebracht. Die Frau, mit der ich so viele Jahre zusammen verbracht habe, habe ich zurück zu mir geholt. Ist das etwa ein Verbrechen?«

»Natürlich ist das ein Verbrechen. Ihre Frau war Ihre Frau, solange sie am Leben war. Jetzt, wo sie tot ist, ist sie nicht mehr Ihre Frau. Was haben Sie sich eigentlich gedacht? Sagen Sie selbst: Zieht man sich aus und legt sich neben seine tote Frau, um mit ihr zu schlafen?«

»Herr Kommissar, meine Frau ist tot?«

Der Kommissar schüttelte wütend den Kopf und sagte: »Sie wollen mich wohl in Rage bringen?«

»Herr Kommissar, meine Frau ist nicht tot. Begreifen Sie doch! Sie ist nicht tot. Meine Frau stirbt, wenn ich tot bin. Wenn Sie mir ein bisschen Zeit gelassen hätten und nicht einfach mit Gewalt in mein Haus und mein Schlafzimmer eingedrungen wären, dann wäre ich auch wirklich tot und befände mich jetzt nicht in Ihrer werten Gegenwart. Dann könnten Sie auch sagen, meine Frau sei tot. Aber so können Sie das jetzt nicht einfach behaupten!«

»Ich begreife das Gerede nicht. Sie müssen eine schriftliche Aussage abgeben! Sie müssen schriftlich erklären, warum Sie ihre Frau zu sich nach Hause gebracht haben!«

»Herr Kommissar, was soll ich denn schreiben? Kann ein Toter etwa schreiben? Wenn meine Frau tot ist, bin ich doch auch tot, wie oft soll ich das noch wiederholen.«

»Bitte, tun Sie doch nicht so, als ob Sie verrückt wären, sondern schreiben Sie auf, warum Sie Ihre Frau in Ihr Haus gebracht und zwei Tage dort behalten haben. Wenn wir nicht die Tür aufgebrochen hätten, wer weiß, wie lange Sie sie dann noch dort liegen gelassen hätten.

»Herr Kommissar …«

Der Kommissar unterbrach mich: »Es reicht mit diesem ständigen ›Herr Kommissar, Herr Kommissar‹.« Dann wandte er sich an den Polizisten, der schon die ganze Zeit wie an den Boden genagelt an der Tür stand, und sagte: »Nehmen Sie dieses Papier und diesen Stift mit, und geleiten Sie den Herrn in das Zimmer nebenan, damit er aufschreibt, warum er den Leichnam seiner Frau gestohlen hat.«

Dann wandte er sich wieder mir zu und fuhr fort: »Ich möchte einen genauen Bericht dessen, was Sie getan haben.«

Ich hob an: »Herr Kommissar …«

»Jetzt ist es aber genug! Nehmt ihn mit!«

Die ganze Zeit über, während die beiden Auftragsdiebe damit beschäftigt waren, den in eine Decke gewickelten leblosen Körper von Malektadsch ins Schlafzimmer zu tragen und aufs Bett zu legen, stand Herr N. schmollend neben seiner Gartentür und durchforschte mit seinem unsteten Blick jeden verborgenen Winkel des Gartens – so, als ob Malektadsch sich nur in einer Laune tot stellen würde und durch seinen Willen wieder zum Leben erweckt werden könnte. Denn hatte Malektadsch nicht selbst so oft gesagt: »Warte nur, bis ich an der Reihe bin, dich zu quälen!« Und hatte Dr. N. dann nicht mit schmalen Augen vor Wut sein Gebiss vor und zurück geschoben und gesagt: »Deine Anwesenheit in diesem Haus ist schon Qual genug.« Hatte Malektadsch da nicht angefangen zu weinen und erwidert: »Wenn ich erst mal tot bin, wirst du schon sehen!« Also woher sollte man wissen, ob Malektadsch sich nicht einfach tot stellte, um Herrn Dr. N. noch mehr Seelenqualen zu bereiten, als es die Zeit schon getan hatte? Dann sah er die junge Malektadsch, die ihm Hals-über-Kopf und über das ganze Gesicht lachend, mit langen im Wind fliegenden Haaren entgegenlief. Als sie ihn erreichte, sagte sie: »Dein Vater hat heute für dich um meine Hand angehalten.«

Ich lachte und sagte: »Du sagst das so, als ob es dich überrascht hätte. Das war doch seit unserer Kindheit beschlossen, dass du meine Frau wirst. Wenn keiner hier wäre, würde ich Dich auf den Mund küssen.«

Malektadsch schloss die Augen, spitzte ihre Lippen und sagte: »Die Gasse vor unserem Haus ist doch immer menschenleer. Mein Vater ist nicht zu Hause, und wie du weißt, sind unsere Dienstboten verschwiegen – im Gegensatz zu euren. Meine Augen sind zu. Ich kann nichts und niemanden sehen. Wenn du willst, kannst du mich auf den Mund küssen.«

»Du willst mich wohl vor aller Augen blamieren. Hier ist doch nicht die verborgene Vorratskammer bei uns zu Hause.«

Malektadsch hielt ihre Lippen immer noch gespitzt. Ohne die Augen zu öffnen, erwiderte sie: »Wie es in dem Buch, das ich gerade gelesen habe, heißt: Ich werde deiner Seele niemals Schaden zufügen, es sei denn …«

Ich blickte mich vorsichtig um und fragte: »Es sei denn, was?«

Ein spitzbübisches Lächeln flog über Malektadschs Gesicht, als sie antwortete: »Es sei denn, ich befände mich in einer üblen Lage – so wie zum Beispiel jetzt, wo ich schon seit einer halben Stunde meine Augen geschlossen und meine Lippen gespitzt habe und warte.«

Zitternd küsste ich ihre Lippen und stand immer noch an der Gartentür, als die beiden Auftragsdiebe, die Malektadschs Leiche gestohlen hatten, aus dem Haus traten und auf mich zukamen. Auf meinen Stock gestützt blickte ich ihnen entgegen. Sie wischten sich mit dem Ärmel den Schweiß von der Stirn, nahmen ihren Lohn entgegen und bedankten sich höflich. Als Dr. N. die Tür hinter ihnen schloss, hörte ich wie der eine von den beiden, der eine dünne Stimme hatte, draußen in der Gasse sagte: »Bestimmt liebt er seine Frau sehr. Darum hat er ihre Leiche nach Hause bringen lassen. Er will sie sicherlich im Garten begraben, damit er jeden Tag ihr Grab besuchen kann.«

Die sich entfernende Bassstimme seines Begleiters scholl an mein Ohr, der erwiderte: »Ja, der Arme. Hast du gesehen, wie seine Hände zitterten?«

Dr. N. lehnte sich mit dem Rücken an die Tür und sprach, während er den herbstlich gewordenen Garten betrachtete, zu sich selbst: »Ach, wenn Malektadsch das doch auch wüsste.«

Zu Herrn Mossadegh, der neben mir, neben der Tür zum Garten, stand, sagte ich: »Seit so vielen Jahren stehen Sie schon zwischen mir und Malektadsch. Wie eine Mauer zwischen mir und Malektadsch haben Sie unser Glück verhindert.«

Herr Mossadegh setzte ein ironisches Lächeln auf und blickte Dr. N. direkt an: »Wie kann ich, der ich schon vor Jahren gestorben bin, eine Mauer zwischen dir und Malektadsch sein? Erinnerst du dich etwa nicht mehr, wie in allen Zeitungen auf den Titelseiten ganz unten versteckt zu lesen war: Dr. Mossadegh ist tot.«

Ich sagte: »Herr Mossadegh, schon seit vielen Jahren lese ich keine Zeitung mehr. Genauer gesagt, seit dem Staatsstreich habe ich keine Zeitung mehr angefasst.« »Aber Malektadsch hat dir doch von meinem Tod erzählt.«

»Aber für mich, Herr Mossadegh, sind Sie nicht tot. Sie werden nie für mich tot sein, selbst wenn es mir Malektadsch erzählt hätte.«

»Eines Tages sterben wir alle. Ist etwa Malektadsch heute nicht gestorben? Sei dir sicher, auch ich werde einmal für dich sterben.«

Dr. N. schloss die Augen. Erst sah er die Gestalt von Herrn Mossadegh vor sich, dann hörte er auch seine spöttische Stimme: »Lasst uns die Sitzung schneller beenden, damit Dr. N. früher nach Hause gehen und mit seiner Frau tanzen kann. Wusstet Ihr schon, dass der Herr Doktor jeden Abend mit seiner Frau tanzt?«

Das laute Lachen der Minister, die um den runden Tisch herum saßen, erfüllte das Beratungszimmer. Herr Mossadegh sagte lächelnd: »Sie sind wie Leili und Madschnun – oder wie Sie Möchtegern-Europäer, Herr Dr. Fatemi, zu sagen pflegen: wie Romeo und Julia.« Als sich alle Anwesenden vor Lachen den Bauch hielten und Dr. N. verschämt lächelte, brachte Herr Mossadegh sie mit einer Handbewegung zum Schweigen und fuhr fort: »Der Doktor und seine Frau waren schon als kleine Kinder wie zwei Verliebte. Sie gingen im Garten miteinander spazieren und schütteten sich gegenseitig ihr Herz aus. Wenn sie Fieber bekamen, bekam auch der Doktor erhöhte Temperatur. War er krank, wurde auch sie bettlägerig. Herr Dr. Amini weiß, dass diese Liebe zwischen den beiden in unserer Familie in aller Munde war und auch noch immer ist. Ihr Lieblingsspiel war es, sich zusammen in einer Vorratskammer zu verstecken. Ich weiß nicht, ob sie das immer noch tun? Ihre Liebe ist wie aus dem Märchenbuch. Hoffentlich werden sie zusammen alt.«

Er wendete sich an Herrn Dr. Amini und fragte: »Das stimmt doch, Herr Dr. Amini?«

Dr. Amini räusperte sich und sagte: »Vollkommen!«

Alle wussten, dass Dr. Amini, Herr Mossadegh und ich miteinander verwandt sind. Trotzdem nannte Herr Mossadegh Herrn Dr. Amini und Herrn Dr. N. in offiziellen Sitzungen nie bei ihren Vornamen Ali und Mohsen. Nach der Sitzung zog er sie dann beiseite und erkundigte sich warm nach ihrem Befinden. Zu Dr. N. sagte er: »Wie geht es dir, Mohsen? Wie geht's Malektadsch? Geht's ihr gut? Grüß' sie von mir!«

Ich antwortete: »Malektadsch ist gestorben, Herr Mossadegh.«

Er zog die Augenbrauen zusammen und fragte: »Wann?«

»Heute – heute Vormittag ist sie von einem Motorrad

überfahren worden. Sie brachten sie ins Krankenhaus. Bis sie dort ankamen, war sie tot.«

Die Blätter der beiden Maulbeerbäume fielen herab. Herr Mossadegh versank in Gedanken. Dann fragte er: »Was hast du gesagt, wie geht es ihr?«

»Ich sagte, sie ist tot.«

Herr Mossadegh sagte verstört: »Wirklich?«

Sie sehen also, ich weiß, dass Malektadsch tot ist und man nicht sagen kann, ob es ihr gut oder schlecht geht. Ich weiß auch genau, dass seit dem Staatsstreich dreiundzwanzig Jahre und seit dem Tod des Herrn Mossadegh dreizehn Jahre vergangen sind. Aber als Herr Dr. Mohsen N., Stellvertreter und Berater des Herrn Mossadegh, Freund und Ergebener des größten iranischen Ministerpräsidenten der Gegenwart, hinter der Tür zum Garten sah, dass Malektadsch – schön wie in den Tagen vor dem Staatsstreich, jung, betörend und lebensfroh – den Fuß eines der beiden gewaltigen Maulbeerbäume mit der Gießkanne begoss; als er das sah, war er glücklich und hinkte ihr über den wackelig gewordenen Mosaikboden des Gartens entgegen. Er hatte sein Ziel noch nicht erreicht, als das Bild wie eine Seifenblase zerplatzte. Ich holte meinen Flachmann aus der Tasche und trank ein paar Schlucke Whisky. Ich sah, dass Malektadsch – so gealtert wie zwanzig Jahre nach dem Staatsstreich, mit ihrem geblümten zweiteiligen Kleid sich über das Wasserbecken in der Mitte des Gartens beugte, um ihre Gießkanne zu füllen. Ihr Gesicht trug die Spuren der Jahre des Kummers, und der Schmerz dieser Jahre hatte ihre Gestalt gezeichnet und ihren Rücken gebeugt. Auf den Stock

gestützt rief ich: »Malektadsch, fall nicht in das Becken!«
Malektadsch sagte. »Mann, trink nicht so viel Alkohol!
Dein Gehirn ist schon ganz ausgehöhlt. Von Tag zu Tag
wirst du empfindlicher und bist auch ziemlich nah am Wasser gebaut. Du machst dir selbst das Leben zur Hölle. Wie
lange willst du noch so weitermachen?«

»Malektadsch, ich wusste doch, dass du nur so getan hast,
als seiest du tot. Siehst du, ich habe dich durchschaut.
Siehst du, du wolltest nur, wie in diesem Buch, das du damals gelesen hast, meiner Seele Schaden zufügen.«

»Mohsen, warum quälst du mich so? Immer musst du mich
provozieren. Warum?« Ich stand in der Mitte des Gartens.
Geranientöpfe waren auf den Fensterbänken aufgereiht.
Rot und gelb gefärbte Blätter der Maulbeerbäume bedeckten den Boden des Gartens. Ich schloß die Augen und sah,
wie Dr. N. auf das Krächzen der Raben hin den Kopf hob und
durch die dichten Blätter und Zweige der sich berührenden
Baumkronen hindurch die Bewegung eines schwarzen Fleckes im Blau des Himmels verfolgte. Ich hörte Malektadschs
Stimme: »Der Rabe fliegt zurück zu seinem Nest. Bestimmt
hat er Seife gestohlen und bringt sie seinen Kindern«

Dr. N., dessen Eau de Cologne den Garten mit Duft erfüllte, antwortete: »Wenn er Seife gestohlen hätte, wäre
sein Schnabel verschlossen und er könnte nicht krächzen.«

Malektadsch ging zu den Verbenen und sagte: »Ach,
wenn wir doch auch Kinder hätten. Ich hätte mir so sehr gewünscht, zwei laute, wilde Kinder zu haben. Da hättest du
dann sehen können, wie ich mit Seife im Schnabel in diesem Hof für dich krächzen würde.«

Dr. N. ging mit leisen Schritten zu ihr: »Malektadsch, bist du sehr unglücklich darüber, dass ich keine Kinder bekommen kann? Ich meine, fehlen dir in unserem Leben Kinder sehr?«

Malektadsch pflückte einige Blüten vom Eisenkraut: »Wenn du die Wahrheit hören willst: Ja, sehr. Aber ich würde dich nicht gegen alle Kinder der Welt eintauschen wollen.«

Dr. N. legte seine Hand auf ihre Schulter: »Sind diese beiden Bäume etwa nicht unsere Kinder? Schau nur, wie groß sie sind – und wie schön.«

»Doch, sie sind unsere Kinder. Das einzige Problem ist nur, dass sie kein bisschen laut und wild sind. Sie können nur Blätter verstreuen und den Garten schmutzig machen. Ich liebe aber laute und wilde Kinder, nicht Blätter verstreuende und den Garten beschmutzende.«

Ich sagte: »Du irrst dich. Wenn die Spatzen und Stare sich auf die reifen Maulbeeren stürzen, sind sie laut und wild wie eine ganze Schule voller Kinder, so dass man fast verrückt wird.

Malektadsch, du wolltest diese Kinder doch selbst. Erinnerst du dich an den Tag, als wir hierher kamen?«

»Wie könnte man diesen Tag vergessen ...«

Herr Mossadegh war noch nicht Ministerpräsident geworden, so dass man gegen ihn einen Staatsstreich hätte fuhren können, aber es war schon deutlich, dass er bald Ministerpräsident werden würde; denn die Leute waren für ihn auf die Straße gegangen, und er plante schon die Errichtung dieser Regierung, gegen die dann geputscht wurde. Dr. N.

und Malektadsch waren gerade erst aus Paris zurückgekehrt und suchten ein Haus. Bei einer der Abendeinladungen von Malektadschs Vater zog Dr. Mossadegh Herrn Dr. N. zur Seite und sagte: »Mohsen, besorg dir ein kleines, einfaches Haus, damit die Kommunisten nicht sagen, diese qadscharischen Prinzen leben in prunkvollen Häusern und wissen nichts von den Sorgen und Nöten der Armen.« Ich antwortete: »Natürlich! Ganz so, wie Sie es für richtig halten.« Es war ein heißer Sommertag. Als wir mit dem Makler eben dieses Haus besichtigten, aus dem mich die Polizisten heute aufgebahrt haben, war der Garten voller Unkraut, und die Schmetterlinge und Bienen hatten ihn vollständig in Besitz genommen. Malektadsch sagte: »Dieses Haus will ich. Mohsen, das kaufen wir. Es ist weder sehr groß, noch sehr Mein. Wir werden keine Dienstboten brauchen.«

Dr. N. antwortete: »Malektadsch, Liebste, sei nicht so ungeduldig. Lass uns erst die Zimmer ansehen und eine Runde um das Haus drehen – dann können wir den Vorvertrag machen. Sieh nur die Mauern um den Garten! Sie sind ganz schwarz vor Ameisen.«

Malektadsch war hartnäckig: »Lass nur. Dieser Garten mit den beiden Maulbeerbäumen genügt mir. Er gefällt mir. Die Zimmer kann man mit Möbeln hübsch einrichten. Das Wichtigste ist der Garten. Mit Gift werde ich diesen Ameisen schon zu Leibe rücken. Ich werde selbst das Gift streuen und sie vernichten. Du hast gar nichts damit zu tun.«

Verdrossen erwiderte ich: »Wie du willst. Aber lass dir gesagt sein, dass du diese Viecher ein ganzes Jahr mit Gift verfolgen musst, bis du sie aus diesem Haus vertreiben kannst.«

»Ein ganzes Jahr?« lachte Malektadsch.

Herr Mossadegh kam uns mit einem großen Paket besuchen. »Dies ist zur Einweihung eures neuen Zuhauses. Mit allen guten Wünschen.«

Ich antwortete: »Das wäre doch nicht nötig gewesen, Herr Mossadegh. Sie machen uns ja ganz verlegen.«

Nachdem er sich im Haus ein wenig umgesehen hatte, setzte sich Herr Mossadegh mit einem Glas in der Hand auf einen Stuhl in die Nähe des Wasserbeckens, in dem eine Fontäne sprudelte. Er blickte in den Garten, der voll Oleander, Jasmin und Narzissen war und sagte: »Was für ein schönes Haus. Die Zimmer sind geräumig, aber wegen dieser beiden Bäume liegen sie zu sehr im Schatten. Wie ich Malektadsch jedoch kenne, hat sie dieses Haus nur wegen der beiden Bäume ausgesucht. Ich bin sicher, sie hat ihnen auch Namen gegeben.«

Malektadsch lachte: »Sie haben recht. Der Garten ist das Wichtigste. Der linke Baum heißt Bizhan, der rechte Manizhe.«

Dr. N. sagte: »Herr Mossadegh, diese beiden Bäume sind unsere Kinder. Unsere Zwillinge. Malektadsch hat sie an Kindes Statt angenommen, auf dass es Gott gefalle und er Sie schneller Ministerpräsident werden lässt.«

Ein Lächeln breitete sich auf Herrn Mossadeghs Gesicht aus: »Aha! Also steht es gewiss schon auf ihren Zweigen geschrieben, dass ich Ministerpräsident werde.«

Dr. N. erwiderte: »Ich hoffe es. Auf jeden Fall bete ich immer für Sie.«

Dr. Mossadegh dankte mit einem Augenzwinkern und

sagte zu Malektadsch, die immer noch mit der Obstschale in der Hand unbeweglich dastand: »Du bist mir so eine, Malektadsch! Schon als Kind hast du dir den elegantesten Mann unserer Familie gesichert«
Malektadsch lachte aus ganzem Herzen. Dann sagte sie: »Gerade wollte ich Ihnen etwas verraten: wie eine Frau steht er täglich zehn Mal vor dem Spiegel und betrachtet sich von oben bis unten. Zwei Mal am Tag, einmal morgens, einmal nachmittags, rasiert er sich. Wenn er an einem Tag einen dunklen Anzug anzieht, muss er am nächsten Tag bestimmt einen hellen Anzug tragen. Er hat zwanzig Paar Schuhe, aber trotzdem sagt er immer, er hätte zu wenig.«
Ich sagte lachend: »Alle Frauen beklagen sich, dass sich ihre Männer nicht um ihr Aussehen kümmern, meiner Frau gefällt es nicht, dass ich so modebewusst bin.« Herr Mossadegh war gerade dabei einzuwerfen: »Die Anzüge von Mohsen sitzen wie angegossen. Ich wollte mir schon immer die Adresse seines Schneiders geben lassen, um mir dort auch einen Anzug nähen zu lassen«, als Malektadsch ein paar weiße Jasminblüten pflückte und in seine Hand schüttete. Er schnupperte daran, schloß die Augen und sagte: »Wie sie duften – wie das Parfüm, das Mohsen immer benutzt. Malektadsch, spielst du noch Klavier?«
Als Malektadsch sich umwandte, um ins Haus zu gehen, sagte Herr Mossadegh zu Mohsen: »Du hast das schönste und lebendigste, ich will nicht sagen, das koketteste Mädchen aus unserer Familie abbekommen. Bringe ihr die Achtung entgegen, die sie verdient! Ihre Mutter ist ja tot, deshalb verteilt sie ihre ganze Liebe und Zuneigung auf dich und

ihren Vater.« Als das Klavierspiel den Garten erfüllte, machten mich die begeisterten Worte von Herrn Mossadegh sehr glücklich. Er fuhr fort: »Wie fein und gefühlvoll sie spielt. Wenn man genau zuhört, ist es, als ob man den Kummer der ganzen Welt im Herzen trüge.« Ich blickte durch das geöffnete Fenster auf Malektadsch, die sich über das Klavier beugte, während ihre Hände über den Tasten schwebten, und platzte fast vor Stolz, eine solche Frau zu haben.

Herr Mossadegh berührte sanft das samtene Blütenblatt einer Rose in unserem Garten und sagte: »Mohsen, erinnerst du dich noch an damals? Als Malektadsch noch nicht gestorben war, und auch ich noch lebte? Der Topf mit dem Jasminstrauch stand in dieser Ecke, weißt du noch?«

»Ja, ich erinnere mich. Sie waren noch am Leben und Malektadsch war auch noch nicht tot. Der Topf mit dem Jasminstrauch stand nicht in dieser Ecke, sondern in der Ecke dort drüben. Wie er duftete! Es war allerdings auch der Geruch des Insektengiftes, wir haben es Ihnen nur nicht gesagt.«

»Was für eine lebenslustige Frau sie war, deine Frau, Malektadsch.«

»Ihr Herz war schon seit vielen Jahren tot. Ich habe die Lebenslust darin erstickt.«

Herr Mossadegh fragte: »Warum? Du hättest das nicht tun sollen. Sie war eine sehr gute Frau, deine Frau.«

»Sie haben mich dazu gezwungen.«

»Ich? Was soll dieses Geschwätz?«

Die Maulbeerbäume beschatteten den Garten. Ich hatte alles mit Papier-Fähnchen geschmückt und bunte Leuchtgirlanden in ihre Äste geflochten. Eine Fontäne spritzte aus dem Schnabel der wasserspeienden Ente in der Mitte des Beckens. Die Stimme von Herrn Mossadegh, der gerade Ministerpräsident geworden war, erscholl aus dem Radio, das ich auf den Fenstersims im Wohnzimmer gestellt hatte, und erfüllte das ganze Haus. Jedes Mal, wenn Herr Mossadegh das Wort »Volk« benutzte, ging ein Raunen durch die Menge der Nachbarn und Verwandten, die sich im Garten versammelt hatten, um mir zu gratulieren. Malektadsch bot den Gästen Erfrischungen an. Mein Onkel stand mitten unter den Leuten und erzählte, dass ich das Ergebnis des vierzigjährigen Kampfes von ihm und meinem Vater für Freiheit und Unabhängigkeit dieses Landes sei. Seine Augen strahlten vor Stolz. Er sagte selbst, dies sei der glücklichste Tag seines Lebens. Mit lauter Stimme verkündete er: »Indem Mossadegh Ministerpräsident geworden ist, nimmt er an Reza Schahs Sohn Rache für unsere Familie.« Dann kam er zu mir und flüsterte mir ins Ohr: »Mohsen, so tapfer, wie du Dr. Mossadegh in den Zeitungen verteidigt hast, bist du zum Stolz unserer Familie geworden. Ach, wenn dein seliger Vater doch noch erlebt hätte, was er für einen mutigen Sohn hat. Du hast ihm Ehre gemacht. Bravo!«

Ich erwiderte:»Onkel, bitte lass mich deine Hände küssen. Was auch immer ich bin, ich bin es durch dich und meinen Vater geworden.«

Er erlaubte es nicht, und bevor er Dr. N. neben der Tür zur Veranda auf die Stirn küsste, sagte er noch: »Das geht doch nicht. Der, dessen Hände man küssen muss, bist du, nicht ich.«

Im Jubelgeschrei der Menge im Garten fand Dr. N. sich auf einmal unter dem leisen Rieseln der herbstlichen Blätter der Maulbeerbäume wieder und erinnerte sich, dass er in jener Nacht, nachdem alle gegangen waren, mit Malektadsch alle Lichter im Haus eingeschaltet hatte und bis zum Morgengrauen im Garten neben dem Wasserbecken zu der Musik von Glenn Miller mit ihr tanzte. Er schob mit dem Gehstock einige gelbe Blätter vor seinen Füßen beiseite, bis der Jubel des Tages, als Dr. Mossadegh Ministerpräsident wurde, langsam im Garten verklang. Ich humpelte mit dem Stock im Garten herum. Malektadsch war gekommen. Sie stand hinter dem geöffneten Wohnzimmerfenster und lächelte. Sie war dabei, ihre langen schwarzen Haare hochzustecken: »Mohsen, die Leute sind Schuld, dass keiner der Ladenbesitzer auch nur einen Rial von mir annehmen will. Sie sagen: ›Wir schulden Ihrem Mann etwas.‹ Wenn sie Herrn Mossadeghs Namen nennen, nennen sie deinen gleich danach. Du seiest der Stolz der Azizabad-Straße. Sie sagen: ›Indem wir das Geld für die Lebensmittel nicht annehmen, zahlen wir Ihnen einen Tribut, damit Sie für immer in der Azizabad-Straße wohnen bleiben. Nehmen Sie es als Zeichen unserer Wertschätzung für Ihren Mann!‹«

Dr. N. erwiderte: »Heute sind die Leute aus unserem Viertel zu uns nach Hause gekommen. Sie haben mich auf ihre Schultern gehoben und Hurra geschrieen. Ich wäre vor Verlegenheit fast gestorben.«

»Sie bejubeln einen so, dass man sich schämt, auf die Straße zu gehen.«

Ich sagte: »Was vorbei ist, ist vorbei. Malektadsch, bist

du wieder aufgestanden? Ich wusste, dass du mir nur Angst einjagen wolltest. Ich wusste, dass du nicht tot bist. Jetzt geh, mach dich hübsch und schminke dich wie eine Dame! Wie in den Nächten, als wir in Paris ausgingen, um zu tanzen, und die Männer dich mit ihren Blicken auffressen wollten. Weißt du, wie lange es her ist, dass du dich nicht mehr für mich hübsch gemacht hast?«

Malektadsch löste sich im Garten langsam auf. Aber nachdem Dr. N. zwei Schluck Whisky aus dem Flachmann genommen hatte, kam sie zurück und zeigte sich neben dem Gewächshaus. »Mohsen, warum ist diese Liebe, die alle neidisch werden ließ, auf einmal zu Ende gegangen?« Dr. N. zog aus Trotz sein künstliches Gebiss aus dem Mund und schob es wieder hinein. »Von Liebe konnte nie die Rede sein.«

Malektadsch saß auf dem Stuhl neben der Verandatür. Sie blickte mich über den Rand ihrer Lesebrille hinweg an und sagte: »Erinnerst du dich an die Briefe, die du mir aus Paris geschrieben hast? Gott sei Dank habe ich sie noch alle. In drei Monaten hast du mir neunzig Liebesbriefe geschickt.«

Dr. N. lächelte bitter: »Aber du weißt natürlich, dass das lauter Lügen sind. Reine Lügen. Ich habe einfach so etwas zusammengeschrieben.«

Malektadsch erwiderte voll Sarkasmus: »Es ist also auch eine Lüge, wenn du leise wie ein Dieb in mein Zimmer schleichst und im Schlaf meine Stirn küsst? Wenn mir der Gestank von Alkohol in die Nase steigt, bist es also nicht du?«

Herr Mossadegh knöpfte sein Jackett auf und lachte: »Sie hat recht, Mohsen. Das soll auch eine Lüge sein? Mach es dir doch einfach und zerbrich alles Porzellan auf einen Streich. Sag einfach, du kennst überhaupt keinen Mossadegh! Du kennst überhaupt keinen verstorbenen Dr. Fatemi. Wenn du schon alles leugnest, leugne das doch auch!« Dr. N. wandte sich zu Malektadsch: »Was? Ich komme leise in dein Schlafzimmer und küsse dich auf die Stirn? Dir geht es wohl noch gut, du hast geträumt. Seit Herr Mossadegh mich verfolgt, habe ich so etwas nicht gemacht und mache es auch jetzt nicht.« Malektadsch biss sich auf die Lippen: »Sogar jetzt, da ich tot bin, spielst du noch deine Spielchen mit mir? Sogar als Tote lügst du mich noch an?« Ich hatte das Gefühl, mein Hals sei ausgetrocknet und mein Magen brenne wie Feuer. Ich wollte etwas sagen, aber meine Stimme erstickte mir im Hals. Ich trank einen Schluck Whisky und Bedauern ergriff mich. »Es stimmt, ich bin gekommen und habe deine Stirn geküsst, aber woher weißt du das? Deine Augen waren doch immer geschlossen?« Malektadsch legte ihren Finger zwischen die Seiten ihres Buches und lächelte ein entzückendes Lächeln, wie ihr Lächeln vor dem Staatsstreich – voll königlicher Koketterie, dieses Lächeln, mit dem sie in Paris drei verliebte Männer um den Verstand gebracht hatte: »Ich habe nur so getan, als ob ich schliefe. Ich schloss meine Augen und wartete darauf, dass du meine Stirn mit deinen feuchten Lippen küssen würdest. Wenn du nicht vorgehabt hättest, dich neben mich in mein Bett zu legen, hätte ich dir erlaubt, jede Nacht zu kommen und meine Stirn zu küssen.«

Dr. N. sagte: »Malektadsch, bist du sicher, dass du noch ganz bei Trost bist?« Immer wenn ich nicht einschlafen konnte, sah ich das unschuldige Gesicht Malektadschs vor mir. Dann wusste ich nicht mehr, was ich tat.

Ich verschwendete auch keinen Gedanken mehr an Herrn Mossadegh. Ich stand auf, verließ mein Schlafzimmer, trat an ihr Bett und küsste sie auf die Stirn. Dabei sprach ich in meinem Herzen zu ihr: »Malektadsch, vergib mir! Ich will dich nicht so quälen, aber ich bin dazu gezwungen. Ich kann nichts dafür.«

Malektadsch sagte: »Wenn wir Kinder gehabt hätten, dann hätten wir jetzt auch Schwiegertöchter und Schwiegersöhne. Dann würden unsere Enkelkinder das Haus auf den Kopf stellen, und wir wären nicht so einsam, dass du mich und auch dich selbst so quälen kannst.«

Im Schatten der Maulbeerbäume hob ich meinen Gehstock drohend gegen Malektadsch und schrie voll Zorn: »Wir haben aber keine – und es ist mir scheißegal, dass wir keine haben. Was sollen wir schon mit Kindern? Ein Geschlecht von Verrätern muss eben untergehen.« Ich wollte zum Fenster gehen, als ich die Tür schlagen hörte. Malektadsch war gerade zum Einkaufen gegangen, und ich war dabei, mir im Flur einen Whisky zu genehmigen. Der Morgen war schön und der Garten erfüllt vom Leuchten klarer Farben. Stare und Spatzen scharten sich dort. Der Schatten der Maulbeerbäume fiel auf den Boden und Sonnensprenkel zeigten sich auf den Blütenblättern der Blumen, die Malektadsch zwei Tage vor ihrem Tod gepflanzt hatte. Sie sagte: »Mohsen, wenn auch nur eine Blüte von diesen Rosen abgeknickt wird, bist du selbst für alles verantwortlich, was dann passiert.« Es war einer dieser schönen Tage, an denen es schon sehr viel Alkohol brauchte, damit ich ihn nicht mehr angenehm fand. Während ich nun auf meinen Gehstock gestützt so hin und her ging und Whisky aus dem Flachmann trank, blieb Dr. N. auf einmal mit dem Glas in der Hand stehen und hörte es an die Tür schlagen. Ich blieb also stehen, drehte mich zur Tür um und sah, wie er, der sonst niemals die Tür öffnete, spürte, dass hinter dieser Tür eine schlechte Nachricht auf ihn wartete. Ich sah, wie er zur Tür wankte und sie öffnete. Der kleine Mann, der hinter der Tür mit der schlechten Nachricht aufwartete, erzählte atemlos: »Herr Doktor, ein Motorrad hat Ihre Frau überfahren. Die Nachbarn haben sie ins Krankenhaus gebracht. Beeilen Sie sich, denn sie stirbt!«

Ich erschrak und fragte: »Was? Ein Motorrad?«

Ein leichter Wind strich durch die Zweige der Bäume, und das Rascheln der Blätter war über seinem Kopf zu hören. Dr. N. schob mit der Spitze seines Stockes einige Blätter hin und her, die auf den Boden gefallen waren. Er wartete auf etwas, aber er wusste selbst nicht, worauf Lag nicht Malektadschs Körper auf dem Bett ausgestreckt und würde nie wieder aufstehen? War sie nicht tot und würde sich nie wieder aufrichten? Ich glaubte es nicht. Auf den Stock gestützt humpelte ich zum Wasserbecken und verfolgte einige Blätter, die auf der Wasseroberfläche schwammen, mit den Augen. Dr. N. sagte: »Ich mache mir Sorgen, dass sie nicht mehr aufsteht.«

Ich antwortete: »Mach dir keine überflüssigen Sorgen,

denn sie ist tot und steht nicht mehr auf Du musst es dir begreiflich machen, dass sie tot ist und es sich nicht mehr lohnt, sich deshalb Sorgen zu machen. Ab jetzt wird sie sich keine Sorgen mehr um dich machen und du dir keine um sie – so unglaublich das auch sein mag.«

Dr. N. sagte: »So kann ich es nicht glauben.« Zum Stationsarzt hatte er das Gleiche gesagt: »Ich glaube das nicht.«

Der Arzt erwiderte: »Es tut mir Leid, aber Sie müssen es glauben. Ihre Frau ist bedauerlicherweise auf dem Weg ins Krankenhaus verstorben. Ihr Kopf ist gegen die Stoßstange des Motorrads geknallt. Sie hat eine Gehirnblutung bekommen. Entschuldigen Sie, dass ich so unverblümt mit Ihnen rede, aber Sie machen einen mit Ihren sinnlosen Bitten ja ganz verrückt. Jetzt möchte ich Sie doch sehr bitten, ihre Hand loszulassen, damit die Schwestern sie aus dem Bett heben können. Ich weiß, dass das sehr schwer für Sie ist, aber was sollen wir tun? Man kann dem Tod ja nicht entfliehen.«

Malektadsch war heil und unversehrt. Sie hatte nur eine Wunde, klein wie ein Punkt, an ihrer Schläfe. Es schien, als ob sie schliefe. Schlief sie etwa nicht? Ein bisschen verwirrt sagte ich leise: »Herr Doktor, ich glaube nicht, dass sie tot ist. Bestimmt macht sie uns nur etwas vor. In diesen achtundzwanzig Jahren, die meine Frau und ich miteinander verheiratet sind, waren wir nie getrennt – bis auf drei Monate, in denen ich dazu gezwungen war. Vergessen Sie, dass wir schon jahrelang nicht mehr miteinander sprechen, sondern nur noch schmollen. Malektadsch und ich haben uns auch ohne Worte viel zu sagen.«

Der Arzt erwiderte: »Sie haben sich nicht viel zu sagen, Sie hatten sich viel zu sagen. Aber das ist jetzt vorbei. Ich weiß, es ist schwer, aber was kann man tun? Wenn Ihre Frau noch länger auf diesem Bett bleibt, wird der Verwesungsgeruch das ganze Krankenhaus durchziehen. Ich bitte Sie sehr, ihre Hand loszulassen.«

Ich kniete mich vor das Krankenhausbett: »Herr Doktor, ich liebe meine Frau sehr. Die Briefe, die ich ihr aus Paris geschrieben habe, sind der Beweis meiner Liebe. Sie hat sie in ihrer Schreibtischschublade aufbewahrt. Sie können gehen und sie lesen. Die Briefe werden von einer roten Schleife zusammengehalten. Tun Sie doch etwas, damit sie wieder lebendig wird und ich nachts zu ihr gehen und ihre Stirn küssen kann. Unsere Verbindung ist im Himmel beschlossen worden. Also müssen wir auch an einem Tag sterben. Malektadsch und ich können es nicht ertragen, voneinander getrennt zu sein. Ich bitte Sie, lassen Sie es nicht zu, dass sie stirbt. Ich bin ein reicher Mann. Ich gehöre einem Adelsgeschlecht an. Ich bin ein Abkömmling der Qadscharen-Dynastie. Ich könnte unter den besten Bedingungen in den schönsten Häusern leben. Ich könnte viele Dienstboten haben. Alles was ich habe, würde ich Ihnen geben. Bis an mein Lebensende würde ich dann für Sie als Diener arbeiten. Ich flehe Sie an. Lassen Sie mich zum Zeichen meiner Ergebenheit Ihre Füße küssen.«

»Was machen Sie da mit meinen Füßen! Lassen Sie das! Es tut mir Leid, ich kann nichts mehr tun. Ich bitte Sie, lassen Sie die Hand Ihrer Frau los. Machen Sie doch nicht solche Schwierigkeiten.« Ich küsste Malektadschs Hand und legte meine Wange darauf. Es war nichts zu spüren von der Kälte des Todes. Das Fenster des Krankenhauszimmers umrahmte einen strahlend blauen Himmel, und die leuchtende und doch kraftlose Herbstsonne hatte sich mit viel Mühe bis an das Bett vorgearbeitet. Verloren und hoffnungslos sprach ich zu ihr: »Malektadsch, steh auf! Ich helfe dir. Lass uns zusammen nach Hause gehen. Ich habe die Rosen, die du gestern gepflanzt hast, nicht angerührt. Ich will sie heute gießen. Du kannst ganz beruhigt sein, ich werde es Mossadegh auch nicht erlauben, sie anzurühren und sie zu zerpflücken. Steh auf, lass uns nach Hause gehen.«

Der Arzt wurde ärgerlich: »So geht es aber nicht, dass Sie so an ihrer Frau kleben. Schwester Reza'i, halten Sie ihn von hinten fest, damit ich seine Hände von denen seiner Frau lösen kann. Machen Sie doch nicht solche Schwierigkeiten!« Ich schrie auf: »Lassen Sie mich los. Ich lasse es nicht zu, dass Sie Malektadsch in die Leichenhalle bringen. Ich lasse es nicht zu, dass Sie sie begraben. Aus Liebe zu dieser Frau habe ich meine politische Ehre aufs Spiel gesetzt. Ihretwegen habe ich mir all diese Beschimpfungen angehört. Ich lasse es nicht zu, dass Sie sie von mir trennen.« Ich fasste ihre Hand noch fester und drückte sie an meine Lippen. Ich brüllte: »Ich lasse es nicht zu! Ich lasse es nicht zu!«

Als einige kräftige Männer Dr. N. dann aus dem Krankenhaus geworfen hatten, fühlte er sich, als ob der Boden unter seinen Füßen schwankte und alle Mauern der Welt über seinem Kopf zusammenstürzten. Er fühlte sich einsam und verlassen. Er konnte nicht glauben, dass Malektadsch, die doch erst vor einigen Stunden mit dem Korb in der Hand an ihm vorbeigegangen war und gesagt hatte: »Dein Mund stinkt immer nach Alkohol. Dein ganzer Körper stinkt immer nach Schweiß. Wie lange willst du noch so herumlaufen?«, – dass diese Malektadsch tot sein sollte. Ihn schwindelte. Alles hatte sich so schnell ereignet, dass er nicht im Stande war, es zu begreifen. Er saß auf der Treppe vor dem Krankenhaus und verfolgte die vorübergehenden Fußgänger und eilig vorbeifahrenden Autos mit den Augen. Er brachte es nicht über das Herz, nach Hause zu gehen. Er wollte nicht Malektadschs Zwillingen gegenübertreten. Bevor er die beiden Männer erblickte, die sich gegen einen grünen Ford lehnten und ihre Gebetsketten durch die Finger gleiten ließen, wollte er so lange dort sitzen bleiben, bis er selbst sterben und sie ihn zu Malektadsch bringen würden. Aber sobald er die beiden sah, wurde ihm klar, dass sie Malektadsch aus dem Krankenhaus retten könnten. Sie könnten Malektadsch nach Hause bringen und sie auf ihr Bett legen. Ich ging hinüber und sagte zu einem der beiden: »Wenn Ihr meine Frau aus der Leichenhalle des Krankenhauses holt und sie nach Hause bringt, gebe ich jedem von euch zweitausend Tuman.«

Die beiden blickten abschätzig auf meine zerzausten Haare, mein unrasiertes Gesicht und auf meinen unordentlichen, zu engen Anzug. Dann fragte der eine Mann mit der dünnen Stimme:

»Zweitausend Tuman für jeden?«

Ich schluckte und bejahte.

Er fragte wieder: »Von Ihnen?«

Und ich bejahte erneut.

Er blickte mich noch einmal von oben bis unten an und sagte dann: »Aber Sie sehen nicht so aus, als ob Sie eine solche Summe aufbringen könnten.«

Ich bettelte: »Glaubt mir. Ich weiß, dass ich nicht sehr vertrauenswürdig wirke, aber bitte vertraut mir. Achtet nicht auf mein Äußeres, ich bin ein reicher Mann. Der Diener meines Bruders kommt jeden Monat zu uns und bringt Malektadsch eine Menge Geld. Dieses Geld liegt jetzt zu Hause, in Malektadschs Schublade.«

Der zweite Mann rief erfreut: »Bar?«

Ich erwiderte nur: »Ich gehe jetzt nach Hause. Sobald Ihr meine Frau bringt, gebe ich jedem von euch bar zweitausend Tuman auf die Hand.«

Der erste Mann fragte: »Bestimmt?«

»Bestimmt.«

Der zweite Mann sagte darauf »Dann beschreiben Sie uns Ihre Frau, und geben Sie uns Ihre Adresse. Wir machen es. Ich hoffe, Sie haben das Geld wirklich, sonst …«

»Bitte beeilt euch. Ich zahle auch ganz bestimmt.«

Dr. N. ging zum Gewächshaus. Er konnte sich noch nicht überwinden, Malektadschs Leiche zu sehen. Malektadsch sagte: »Herr Mossadegh war ein feiner Mensch. Aber er ist tot. Alles ist vorbei. Wegen des einen Jahres, in dem du sein Stellvertreter warst, kannst du nicht mich und auch dich selbst ein ganzes Leben lang quälen.«

Dr. Mossadegh hatte sich in seinem Büro erhoben und mir die Hand auf die Schulter gelegt: »Mohsen, du bist wie ein Sohn für mich. Alle wissen, wie sehr ich dich schätze. Aber weißt du, mein Lieber, ich habe Ali zum Finanzminister gemacht. Wenn ich dir jetzt auch einen Ministerposten gebe, wird man sagen, ich protegiere meine ganze Familie und hieve alle auf gute Posten. Du verstehst mich doch? Ich weiß, wie sehr du mich unterstützt hast, damit ich Ministerpräsident werden konnte – mit deinen wunderbaren Artikeln in den Zeitungen, in denen du für mich Partei ergriffen hast, und mit deinen vielen anderen unermüdlichen Aktivitäten. Ich meine das ganz ernst: die Hälfte dieses Ministerpräsidentenamtes verdanke ich deinen Aktivitäten und deinen Artikeln. Da besteht überhaupt kein Zweifel. Wer wäre für das Justizministerium geeigneter als du?! Wer steht mir näher als du?! Wer hat bessere Voraussetzungen?! Da ist deine Promotion in Jura an der Sorbonne. Da sind dein Vater und dein Onkel, die zu den bekanntesten Freiheitskämpfern der Verfassungsrevolution gehörten. Da ist die Tatsache, dass beide fünfzehn Jahre Gefängnis und Exil und tausend andere Schikanen ertragen haben. Du bringst wirklich alle Voraussetzungen für dieses Amt mit, aber wir sind eben miteinander verwandt, und diese Kommunisten warten nur darauf, uns wegen unserer so genannten adligen Vergangenheit und unseres übrig gebliebenen Vermögens ins Gerede zu bringen und uns daraus einen Strick zu drehen. Jetzt, wo ich Ali zum Minister gemacht habe, ist es ein Gebot der Klugheit, dich zu meinem Stellvertreter und persönlichen Berater zu ernennen. So ist es besser für uns. Wo auch immer ich hingehe, wirst du bei mir sein. Bitte nimm es mir nicht übel.«

»Aber Herr Mossadegh, ich bin Ihnen doch völlig ergeben. Wenn Sie es für richtig halten, werde ich Straßenkehrer. Glück bedeutet für mich nur, bei Ihnen zu sein und Sie in Ihrer Arbeit zu unterstützen. Was ist dagegen schon ein Ministeramt? Ich bin nur Ihretwegen in die Politik gegangen.«

Herr Mossadegh beugte sich zu mir herunter, küsste mich auf die Wangeund sagte: »Ich danke dir sehr. Du bist wirklich der Sohn deines verstorbenen Vaters. Gott hab ihn selig, dass er solch einen anständigen Sohn aufgezogen hat.«

Dr. N. wandte sich erneut dem Wasserbecken zu. Die Melodie des Windes, der sich seinen Weg durch die Zweige bahnte, zog seine Aufmerksamkeit auf sich. Ein Spatz hüpfte von einem Ast zum nächsten. Selbst wenn er gezwitschert hätte, man hätte es nicht hören können. Als ich meinen Blick wieder von den Zweigen löste, sah ich Herrn Mossadegh, der ebenfalls in die Baumkrone blickte: »Wie gut, wenn es nur nicht zu diesem Staatsstreich gekommen wäre. Nach meinem Tod wärest bestimmt du Ministerpräsident geworden.«

Dr. N. antwortete: »Aber der Staatsstreich hat alles verändert. Sie hat er heimatlos gemacht und mich ins Unglück gestürzt.«

»Ja, ich weiß. Mich hat er heimatlos gemacht und dich ins Unglück gestürzt. Es war eben ein Staatsstreich. Ein Staatsstreich ist immer so.«

Am Tage des Staatsstreiches begannen am Nachmittag die Verhaftungen. Dr. N., der sich mit Herrn Mossadegh und einigen Ministern im Hause eines Kaufmanns verborgen hielt, konnte die Trennung von Malektadsch nicht länger ertragen. Er sagte: »Herr Mossadegh, ich muss nach Hause gehen. Wenn ich nicht komme, wird Malektadsch einen Herzschlag bekommen.«

Einer der Minister, ich glaube, es war Herr Schaigan, warf ein: »Die Straßen sind voll von Militär. Uberall wird geschossen. Vor Ihrem Haus lauern sie bestimmt schon. Wo wollen Sie hin?«

Herr Mossadegh aber entgegnete: »Er hat Recht, er muss gehen. Geh nur Mohsen, aber sei vorsichtig!«

Dr. N. stand auf, küsste Herrn Mossadegh auf beide Wangen und verließ das Versteck. In der Umgebung seines Hauses, neben der Bäckerei, wurde er dann verhaftet. Und so sehr er auch seine Häscher anflehte: »Bitte, lassen Sie mich meine Frau benachrichtigen!«, beachtete ihn keiner. Der Anführer seiner Verfolger, ein hochgewachsener, grimmiger Soldat, sagte nur: »Lass es. Es hat keinen Zweck. Von jetzt an muss deine Frau mit dem Kummer und der Unsicherheit leben.« Dann drehte er sich zu dem Fahrer des Jeeps um: »Bring ihn in das öffentliche Bad mit den Einzelkabinen, wohin wir den anderen – wie hieß er noch? –, wohin wir den Gesundheitsminister gebracht haben. Denkt daran, ihn komplett auszuziehen – wirklich alles, auch die Unterhose. Beeile dich, und vergiss nicht, was ich angeordnet habe!«

Trotz der vielen Jahre, die vergangen waren, klang Dr. N. im Garten immer noch die Stimme des stämmigen Mannes, der in der Nasszelle über mir gestanden hatte, in den Ohren: »Du brauchst nur zuzustimmen, schon lassen wir dich frei.« Die beiden muskulösen Männer neben der Tür kamen

während des Verhörs auf einen Wink des Inspektors herbei, ergriffen Dr. N. an den Schultern und im Nacken und tauchten seinen Kopf mehrmals unter Wasser. Dabei wiederholten sie ständig: »Solange die Sache noch heiß ist, musst du im Radio ein Interview gegen Mossadegh geben.« Und jedes Mal antwortete Dr. N. keuchend und halb ohnmächtig:
»Ich mache das nicht – selbst wenn ihr mich umbringt.«
Zuletzt geriet einer der Männer so außer sich, dass er seine Pistole aus dem Halfter holte und sie mir an die Schläfe setzte: »Ich erschieße dich – mit einer einzigen Kugel.«
Dr. N. sagte: »Töte mich!«
Statt abzudrücken, schlug er mir die Waffe so heftig über den Kopf, dass ich das Bewusstsein verlor. Als ich wieder zu mir kam, saß ich auf einem Stuhl. Vor mir ein Schreibtisch, dessen Lampe mir so grell in die Augen leuchtete, dass ich fast blind wurde. Im Schatten saß der Inspektor, trommelte unentwegt mit dem Bleistift auf den Tisch und fragte: »Ich hoffe, du hast diese Zeitungsartikel noch nicht vergessen? Ich meine die, mit denen du deinem Chef den Weg zum Posten des Ministerpräsidenten geebnet hast.«
Dr. N. konnte vor Kopfschmerzen nur mühsam stammeln: »Jetzt nützen diese Artikel Herrn Mossadegh doch nichts mehr. Ihr habt doch alles kaputt gemacht. Was wollt ihr denn noch?«
Der Inspektor lächelte ironisch und drehte die Schreibtischlampe so, dass das Licht auf sein Gesicht fiel: »Erkennst du mich?« und ohne die Antwort abzuwarten, fuhr er fort: »Ich bin General Zahedi, der neue Ministerpräsident. Wir

haben Dr. Mossadegh verhaftet und werden ihm in Kürze den Prozess machen. Wenn du im Radio ein deftiges Interview gegen ihn gibst, lassen wir dich frei. Für uns ist so ein Interview mit dir, der du Mossadegh am nächsten standest, außerordentlich wichtig. Was weißt du schon, vielleicht wirst du ja noch einmal Parlamentsabgeordneter und Minister. Oder du gehörst vielleicht bald, wie Dr. Amini, meinem Kabinett an. Wenn nicht, werden wir dich schon um die Ecke bringen. Glaub' mir, wir wissen, wie das geht. Gestern Nacht haben wir schon Dr. Fatemi daran glauben lassen?«

Herr Mossadegh lehnte sich an den Maulbeerbaum und sagte griesgrämig: »Dieses Interview hat alles kaputt gemacht. Das hättest du nicht tun sollen! Solch einen Verrat hättest du nicht begehen sollen! Dr. Fatemi, Gott habe ihn selig, hat keinen solchen Fehler gemacht. Er hat Widerstand geleistet und gekämpft – wie ein Löwe. Gott schenke ihm Frieden. Hast du mir nicht geschworen, mich nie zu verraten?« Dr. N. blickte auf eine Spinne, die in dem Rosenstrauch ihr Netz wob, und schämte sich: »Nach all diesen Jahren haben Sie mir immer noch nicht verziehen? Verstehen Sie doch, Herr Mossadegh! Meine Frau ist erst heute gestorben. Malektadsch meine ich. Sie kennen sie doch, nicht wahr?« »Natürlich kenne ich sie. Obwohl sie sehr kokett war, war sie doch so ein liebenswertes Mädchen. Schade, dass sie in diesem Haus mit dir ihr Leben verschwendet hat. Trotzdem hättest du wie Dr. Fatemi Widerstand leisten müssen. Nicht meinetwegen, vergiss mich, aber du hättest wenigstens vor deiner Frau, Malektadsch meine ich, nicht so dagestanden.«

Der Wechsel von Tag und Nacht war nur an dem kleinen Stück Himmel zu erkennen, der durch das zerbrochene Klappfenster der Zelle schien. Nachts, wenn es nicht wolkig war, schienen sechs kleine Sterne und morgens strahlte der Himmel blau. Der völlig nackte Dr. N. war so geschlagen worden, dass er in den ersten Tagen schon glücklich war, wenn keiner das Bad betrat, um ihn weiter zu quälen. Jeden Morgen schob eine behaarte Hand etwas Brot und Käse durch eine Klappe, die unten an der Eisentür angebracht war, auf den kalten Mosaikboden. Die nächsten vierundzwanzig Stunden geschah in der engen Zelle nichts mehr. Nach sieben Tagen war dann die quälende Einsamkeit schwerer zu ertragen als die Schläge. Kein Laut war zu hören. Wo war also der Gesundheitsminister? Das Bad lag still und einsam. Wie lange konnte man in dieser kleinen Zelle hin und her gehen? Malektadsch sagte später: »Du hättest singen müssen, immerzu singen. Singen hilft einem über die Einsamkeit hinweg.«

Ich antwortete: »Ich habe gesungen. Wie lange habe ich gesungen! Alle Lieder, die ich kannte, habe ich mindestens tausend Mal gesungen. Dann habe ich selbst Texte erfunden und sie mit bekannten Melodien gesungen.«

Dr. N. zählte hunderte Male die Fliesen an den Wänden und im Mosaik am Boden. Hunderte Male berechnete er die ungefähren Abmessungen der Zelle – Breite, Höhe, Fläche, Volumen. Er duschte sich, er sang, er lief in der Zelle hin und her. Er tat so, als ob er ein Huhn wäre. Dann verwandelte er sich in einen Hahn. Er bellte, er heulte wie ein Wolf, er schrie wie ein Esel, er hechelte ... aber die schreckliche Einsamkeit blieb. Er schlug mit dem Fuß gegen die Tür und flehte: »Macht auf!«

Eine raue Stimme antwortete: »Wir lassen dich erst in Ruhe, wenn du zu dem Interview bereit bist. Machst du es?«

»Nein«, aber seine Nerven hatten mit der Zeit so gelitten, dass er sein Gesicht in den Händen verbarg und weinte.

Malektadsch fragte: »Hast du geweint?«

Ich erwiderte: »Nein, niemals. Ich weine doch nicht.«

Die Tage und Nächte zogen an der Dachluke der Zelle vorbei. Die Zeit hatte keine Bedeutung mehr. Der Flug eines Vogels im Fenster war das einzige Zeichen von Leben um ihn herum. Jeder Moment glich dem nächsten, und jede Sekunde verstrich in Trägheit gemischt mit der Langeweile eines Sonntagnachmittags. Die Fliesen an der Wand, das Licht von der Decke, die Einsamkeit und Niedergeschlagenheit, die Angst davor, zu versagen und nachzugeben – in seinen nächtlichen Träumen floh er in die Allee, an deren Ende das Haus seines Onkels stand: die Jahreszeiten spiegelten sich im Kleid der hohen Bäume und aus der Tiefe dieser langen, schmalen Auffahrt flog ihm Malektadsch entgegen in ihrem weißen Kleid, mit offenen Haaren, die im Wind flatterten. Als sie ihn erreichte, sagte sie: »Dein Vater hat heute für dich um meine Hand angehalten.« Die Einsamkeit brachte ihm hier in seiner Zelle Menschen zurück, die längst in den versteckten Winkeln der Vergangenheit verschwunden waren.

»Malektadsch, trotz allem sagte ich mir immer wieder, dass mir Dr. Mossadegh wichtiger als all dies ist. Ich war mir sicher, dass ich bis zuletzt zu ihm stehen würde. Ich sagte mir, ich würde lieber sterben, als in ein Interview gegen Dr. Mossadegh einzuwilligen.«

Sie erwiderte: »Es ist nicht so schlimm. Viele haben erzwungene Geständnisse abgelegt. Du hast eben ein Interview gegeben. Es herrschte Ausnahmezustand. Ist etwa Ali nicht in der Regierung der Putschisten Minister geworden? Er war Herrn Mossadegh auch ergeben. Er war auch mit ihm verwandt.«

»Aber Ali ist vor dem Staatsstreich aus dem Kabinett zurückgetreten. Außerdem habe ich Herrn Mossadegh von ganzem Herzen verehrt. Ich hatte ihm mein Wort gegeben. Ich hatte ihm meine Hand darauf gegeben.«

Jedes Mal, wenn er daran dachte aufzugeben, erinnerte er sich an den Tag, als Herr Mossadegh ihn und Dr. Fatemi in sein Büro gebeten hatte. Im Garten des Innenhofes vor den Treppen zum Ministerpräsidentenpalast trafen Dr. N. und Dr. Fatemi aufeinander. Während sie die Treppen hinauf stiegen, lächelte Dr. Fatemi: »Der alte Mann macht sich Sorgen. Er rief an und sagte: ›Komm gleich her.‹ Ich glaube, er hatte Sehnsucht nach uns.«

Dr. N. erwiderte: »Als er anrief, habe ich auch die Sorge in seiner Stimme gehört.«

Als wir die Tür zu seinem Büro öffneten, kam uns Herr Mossadegh freudig entgegen und bat uns, Platz zu nehmen. Wir saßen noch nicht richtig, als er ohne Einleitung begann: »Ich weiß, dass es heute keine ehrenwerteren Männer als euch gibt, trotzdem möchte ich euch bitten, mir euer Wort zu geben, dass ihr mir immer treu ergeben seid. Ich bin entschlossen, in diesem Lande Großes zu bewegen und ich brauche dringend aufrechte Leute wie euch beide. Vergesst nicht, immer zu mir zu stehen und mich nicht zu enttäuschen. Wenn ihr dazu nicht bereit seid, verlasst diesen Raum und tretet mir nie mehr unter die Augen!« Wir standen auf und gaben, jeder einzeln, unser Ehrenwort. Doch als wir beide den Raum verließen, fragte sich jeder von uns: »War es nötig, uns dieses Ehrenwort abzuverlangen und uns in seine Hand schwören zu lassen?« Danach erschien der Vater mit seinem stolzen und selbstsicheren Blick zwischen den weißen Kacheln der Dusche. Immer hatte er seine Hände hinter dem Rücken gefaltet und immer war er korrekt gekleidet: schwarzer Anzug, weißes Hemd und dunkle Krawatte: »Fall nicht um, mein Sohn! Mach mir keine Schande! Blamiere mich nicht vor deinem Onkel!« Wenn ihn die Einsamkeit zu sehr quälte, stand Dr. N. auf, duschte sich und sprang so lange auf und ab und schrie »Mossadegh, Mossadegh!«, bis er keuchend in eine Ecke fiel. Er war fest davon überzeugt, dass er für immer und ewig in diesem Bad gefangen bleiben und er den Wunsch, Malektadsch noch einmal zu sehen, mit ins Grab nehmen würde. Es war einer dieser lahmenden Tage, als eine Fliege durch die Dachluke hereinflog und durch die Zelle schwirrte. Es war wie ein Wunder. Dr. N. gewöhnte sich schnell an ihre Anwesenheit und fasste Zuneigung zu ihr. Er nannte die Fliege nach dem heldenhaften Feldherrn Ario Barzan, und der wurde surrend und brummend sein Freund und Kamerad. In den wenigen Tagen, in denen Ario Barzan sein Gast war, suchten seine Augen jeden Morgen nach dem Aufwachen auf den weißen Fliesen nach ihm. Den schwarzen Fleck auf den weißen Fliesen zu sehen, beruhigte ihn. Seine Anwesenheit machte die Einsamkeit erträglicher. Malektadsch scherzte: »Hat er meinen Platz in deinem Herzen eingenommen?« Dr. N. legte ihm Brot- und Käsekrumen hin und war vorsichtig darauf bedacht, ihn nicht zu zerdrücken. Malektadsch fragte: »Hast du geweint, als er starb?«

Ich sagte: »Nein, aber vor Kummer hat sich mir die Kehle zugeschnürt.«

Der Morgen war durch die Dachluke hereingekommen. Ich hatte mich in eine Ecke gekauert. Als ich erwachte und sah, dass die Leiche von Ario Barzan in einem Wassertropfen neben dem Abfluss schwamm, schluchzte ich heftig, schlug mit der Faust gegen die Eisentür und fluchte. Die raue Stimme hinter der Tür fragte: »Bist du bereit?« Weinend schrie ich: »Nein, nein, nein ...«

Als sie mich mit verbundenen Augen an den Armen ergriffen und zum Verhör brachten, sagte General Zahedi: »Drei Monate Einzelhaft konnten dich nicht umwerfen? Nun gut. Ich habe doch gesagt, wie wichtig dieses Interview für uns ist? Oder habe ich es etwa nicht gesagt?« Dann schrie er: »Antworte! Habe ich es gesagt oder nicht?«

»Sie sagten es. Aber ich bin nicht bereit, ein solches Interview zu geben.«

General Zahedi erwiderte: »Du bist nicht bereit, ein Interview zu geben? Wir werden ja sehen. Unsere Nachforschungen haben ergeben, dass du deine Frau sehr liebst. Dan müssen wir uns eben deine Frau vornehmen, um dich zur Vernunft zu bringen.«

Malektadschs Schreie drangen durch jede Ritze in die

Zelle. Ich begann in der Zelle hin- und her zu rennen. Ich sprang auf und ab, aber es beruhigte mich nicht. Ich biss mich fest in die Hand. Die Spuren sind heute noch zu sehen! Es half nichts. Ich drehte den Wasserhahn auf, kauerte mich in eine Ecke, hielt mir die Ohren zu und wünschte mir, nichts zu hören. Die Schläge, die auf Malektadschs Körper niederprasselten, hörten nicht einen Moment auf. Meine Haut schmerzte mich unendlich viel mehr, als zu der Zeit, als ich selbst geschlagen wurde. Ich begann zu schreien. Ich schrie: »Ahhhhhh!«, aber trotzdem hörte ich Malektadsch hinter der Tür aufschluchzen: »Ich kann nicht mehr. Mohsen, hilf mir!«

Dieses Schluchzen zu hören, zerriss mich förmlich. Herr Mossadeghs Bild verschwand jedoch keine Sekunde vor meinen Augen. Als die raue Stimme hinter der Zellentür sagte: »Zieht sie aus!« und die Schmerzensschreie Malektadschs Dr. N. ans Ohr klangen, schlug ich meinen Kopf einige Male fest gegen die Wand. Wäre ich doch nur ohnmächtig geworden. Ich wurde nicht ohnmächtig und vernahm Malektadschs Stimme nur noch klarer und furchtbarer als zuvor. Die ganze Zeit über dachte ich an das Ehrenwort, dass ich Herrn Mossadegh gegeben hatte und wusste nicht, was ich tun sollte. Ich schrie: »Mein Gott, was soll ich tun?« Ich hielt mir die Ohren zu und schlug meinen Kopf wieder gegen die Wand. Ich schrie: »Ich gebe kein Interview. Ich gebe kein Interview. Ich gebe kein ...« Die schmerzerfüllte Stimme Malektadschs schallte in die Zelle: »Mohsen! Mohsen! Mohsen ...« Malektadsch lachte aus einem Winkel ihres Hauses. Ihre weiche Haut, ihr schlanker

Körper, ihr schönes Gesicht, ihre großen Augen … ich hielt es nicht mehr aus. Ich schlug mit dem Fuß gegen die Tür und schrie flehentlich: »Ich tue alles, was ihr wollt. Lasst meine Frau in Ruhe!« Ich sank hinter der Tür in die Knie, bedeckte mein Gesicht mit den Händen und schrie mein Unglück hinaus: »Ich tue alles, was ihr sagt. Lasst meine Frau in Ruhe! Lasst meine Frau in Ruhe!«

Der Moderator im Radio fragte: »Was war Herrn Mossadeghs Absicht?«

Dr. N., der mit verbundenem Kopf da saß, gab erst keine Antwort, bis der Radiomoderator seine Frage wiederholte: »Was war Herrn Mossadeghs Absicht?«

Meine Kehle war wie zugeschnürt. Ich wusste, würde ich den Mund aufmachen, begännen meine Tränen zu fließen. Ich hatte Angst, nichts zu sagen, und Malektadsch wieder in Gefahr zu bringen. Mit feuchten Augen antwortete ich: »Aufruhr und Zerstörung der Ruhe und Ordnung des Landes. Vernichtung der Wirtschaft zugunsten des Feindes und zuungunsten des Volkes. Kapitulation vor den ausländischen Mächten, Verrat an den Errungenschaften der Armeeführung und Verleumdung der gottgewollten königlichen Herrschaft. Sturz des Königshauses und Destabilisierung der politischen Verhältnisse. Unruhe und …«

Am Abend seiner Freilassung kam Malektadsch zu Dr. N., der zusammengesunken und vergrämt an dem Türrahmen zum Schlafzimmer lehnte, küsste ihn auf die Wange und sagte: »Wie konntest du nur nicht merken, dass das nicht meine Stimme war?« Ich vergrub meine Hand in

Malektadschs Haaren und blickte ihr tief in die Augen: »Ich glaubte, es sei deine Stimme. Weißt du, die Stimme war deiner sehr, sehr ähnlich. Malektadsch, du weißt nicht, wie schwer es war. Es war so furchtbar.«

Malektadsch lächelte, und bevor sie verschwand, sagte sie: »Ich hoffe, du bereust es nicht eines Tages und siehst mich dann als die wahre Schuldige an.«

Der Garten wirkte leer ohne Malektadsch. Ein Leben ohne sie hatte keinen Sinn. Dr. N. starrte auf seinen Stock gestützt auf die Maulbeerbäume, die so sehr an Malektadsch erinnerten, und dachte, alles sei zu Ende. Er erinnerte sich, wie er als kleiner Junge im Schneidersitz neben seinem Vater auf dem Boden sass. Dann sah er sich, wie er im väterlichen Garten hinter Malektadsch herlief. Er lächelte. Er sah seine Familie, einen nach dem anderen, an sich vorbeiziehen und er hörte die Stimme seiner Mutter aus der Tiefe des Gartens rufen: »Mohsen, sitz nicht so viel mit Malektadsch unter den Bäumen und rede! Kommt schnell, es gibt Essen!« Dann erschien ihm Paris vor Augen – die breiten Trottoirs und die vollen Cafés – und er erinnerte sich an die vielen Briefe, die er in den drei Monaten in der Bibliothek an Malektadsch geschrieben hatte. Er hatte sie darin immer wieder gebeten, nach Paris zu kommen. Malektadsch schrieb zur Antwort: »Seit du fort bist, muss ich immer nur weinen. Meine Augen sind immer geschwollen. Ich bin wie gelähmt. Überall sehe ich nur dich und höre deine Stimme. Ach, wenn du doch nicht hättest weiter studieren wollen! Liebster, was willst du mit einem Doktortitel? Wofür? Ich sterbe vor Sehnsucht ...«

Dr. N. drehte sich zu Malektadschs Schlafzimmerfenster um. Malektadsch stand hinter dem Fenster und blickte auf ihn hinunter. Ein leichtes Lächeln erhellte ihr Gesicht. Es war dieses Lächeln, das in Paris beim Tanz immer um ihre Lippen spielte, wenn sie sagte: »Mohsen, ich bin die glücklichste Frau auf der ganzen Welt.«

Ich humpelte in den Flur. An dem großen Spiegel, von dem Malektadsch immer sagte »Schau dir deine lächerliche Erscheinung in diesem Spiegel an!«, ging ich vorbei ohne hineinzublicken. Malektadsch stand am Treppenabsatz. Ihr offenes Haar fiel ihr auf die Schultern. Sie war nachdenklich. Ich sagte: »Malektadsch, was ist? Warum bist du bekümmert?«

»Es ist nichts.«

Ich glaubte ihr nicht. Bis jetzt hatte die Tragödie noch nicht so weit ihren Lauf genommen, dass Herr Mossadegh schon den Alptraum meines Daseins betreten hätte, um mein Leben zu zerstören. Ich trat vor und stellte mich ihr gegenüber: »Was ist, Liebste? Bin ich schuld, dass du bedrückt bist? Habe ich etwas getan, was ich nicht hätte tun sollen?«

Malektadsch erwiderte: »Mohsen, sag die Wahrheit! Bedrückt es dich sehr, dass du meinetwegen aus dem Gefängnis gekommen bist? Du hättest es doch lieber gesehen, wenn sie dich genau wie Herrn Dr. Fatemi umgebracht hätten und ich mein ganzes weiteres Leben darunter gelitten hätte.«

Ich küsste sie auf die Stirn: »Du bedeutest mir so viel.«

»Warum tust du mir dann weh? Warum hast du mir dreiundzwanzig Jahre meines Lebens zur Hölle gemacht?«

»Weil ich dich so sehr liebe. Wenn ich dir wehtat, bereitete es mir viel größere Schmerzen, als wenn ich mir selbst wehgetan hätte.«

»Leider kann man die Zeit nicht zurückdrehen.« Dr. N. sagte: »Aber man kann das Leben neu beginnen.«

»Vergiss nicht, dass ich tot bin.«

Ich widersprach: »Nein, du willst mich nur quälen. Ich weiß, dass du lebst. Wie Herr Mossadegh – der sagt auch immer, dass er tot ist. Aber ich weiß, dass er lebendiger als lebendig ist. Schau, wie er leib- und wahrhaftig neben mir steht!«

Dr. N. blieb unschlüssig vor der Tür, hinter der Malektadschs Leichnam lag, stehen. Er lehnte seine Stirn dagegen, schloss die Augen und ließ die Erinnerung an sich vorüberziehen, wie es dunkel im Schlafzimmer war und die Äste der Maulbeerbäume Schatten an die Wände warfen. Es waren erst ein paar Stunden von dieser seiner ersten Nacht in Freiheit vergangen, und es sollte noch Monate brauchen, bis Herr Mossadegh in das Haus eindringen und sein Leben zerstören würde. Er wälzte sich auf dem Bett hin und her und konnte nicht einschlafen. Malektadsch, die neben ihm lag, fragte: »Mohsen, weinst du?«

Ich antwortete: »Nein. Schlaf, Liebste.«

Die Tränen standen mir in den Augen. Malektadsch hob im Dunkeln ihren Kopf vom Kissen, wandte Dr. N. ihr Gesicht zu und sagte leise: »Mohsen, ich weiß, wie sehr du Herrn Mossadegh liebst und ihm ergeben warst. Aber was geschehen ist, ist geschehen. Vergiss nicht, dass ein Staatsstreich Ausnahmezustand ist. Du bist ein Politiker für ruhige Zeiten. Dein Gemüt verträgt sich nicht mit den Stür-

men dieser Zeit.« Dr. N. erwiderte:»Malektadsch, sag das nicht! Der Staatsstreich ist nicht wichtig für mich. Mein Wort, dass ich Herrn Mossadegh gegeben habe, war mir wichtig – und ist es immer noch.«
Malektadsch streichelte ihm den Rücken. Sie fuhr mir durch das Haar und küsste mich auf den Nacken. Ich stützte mich mit beiden Händen auf den Stock und trat einen Schritt von der Schlafzimmertür zurück. Ich zögerte. Dr. N. ging dann bis zur Flurtür. Malektadsch war damit beschäftigt, die Blätter in einer Ecke des Gartens neben der Mauer zu einem Haufen zusammenzufegen. Sie richtete sich auf, lächelte und verschwand im Stamm des Baumes. Mit langsamen Schritten ging ich ins Wohnzimmer, das der Zufluchtsort für meinen Gram und meine Erinnerungen war; alles war auf seinem Platz erstarrt. Das Klavier, auf dem Malektadsch nicht mehr spielte, um meinen Kummer nicht zu vertiefen, stand neben der Porzellanvase, die Herr Mossadegh uns zum Einzug geschenkt hatte. In der Wandnische lächelte Malektadsch auf einem Foto. Ich stellte mich vor das Bild und sagte:»Malektadsch, komm' etwas weiter hier herüber. Hier ist der Blick noch schöner mit den Brombeersträuchern.«

»Nein, hier ist es gut. Mach schnell und drück ab, es fängt gleich an zu regnen.«

Ich hörte den Regen auf die Blätter der Brombeersträucher rauschen. Ich fühlte die Wärme des Sommerregens auf meinem Körper. Ich stellte das Bild zurück. Malektadsch rief »Habe ich dir nicht gesagt, fotografiere schneller, es fängt gleich an zu regnen.«

»Ich habe abgedrückt, bevor der Regen einsetzte. Das

Foto steht jetzt in der Nische und man kann keinen einzigen Regentropfen darauf sehen.«

Als ich an der Nische lehnte, war das Zimmer angefüllt mit Malektadschs Anwesenheit. Malektadsch wischte Staub; Malektadsch saß neben dem Ofen und las ein Buch; Malektadsch spielte Klavier; Malektadsch klebte unsere Kinderfotos in ein Album. Ich sagte: »Malektadsch, wirf meine Bilder ins Feuer. Ich will nicht, dass Bilder von mir überdauern. Es soll sein, als gäbe es mich nicht und als hätte es mich nie gegeben.«

Malektadsch antwortete: »Wer bist du überhaupt? Ich klebe die Fotos von Mohsen ein, den ich so sehr liebe. Mir gefällt sein Bild so gut, wie er hinter seinem Schreibtisch sitzt und den Stift in der Hand hält.«

Ich wiederholte: »Ich will nicht, dass Bilder von mir überdauern.«

»Aber ist es nicht schade um dieses Bild? Komm und schau!«

Es war das Foto, das sie selbst im Garten neben dem Wasserbecken vor den ineinander verflochtenen Zweigen des Feigenbaumes von mir gemacht hatte. Ich pflückte eine Feige und rief »Malektadsch, wenn wir einander überdrüssig geworden sind, soll das dein Brautgeld sein.«

Malektadsch nahm mir die Feige aus der Hand, schnupperte daran, steckte sie in den Mund und sagte: »Ich habe mein Brautgeld aufgegessen.«

»Gut, dann bleibt dir eben nichts für später.«

»So bleibt mir nichts anderes übrig, als auf ewig deine Frau zu bleiben.«

Ich lachte laut und wollte etwas erwidern, aber Malektadsch war gegangen und ich war allein im Zimmer. Ich trat neben das Fenster. Malektadsch saß unter dem Baum auf einem Klappstuhl und löste vorsichtig die rote Schleife, die um die nach Datum sortierten Briefe gebunden war, die ich ihr aus Paris geschrieben hatte. Dr. N. stand neben ihr. Ich sagte: »Malektadsch, jetzt sind doch schon so viele Jahre vergangen. Bist du es immer noch nicht leid geworden, dieses Geschwätz zu lesen?«

»Mohsen, diese Briefe tragen immer noch den Duft der Sehnsucht jener Tage, als du mich noch so sehr liebtest.«

Dr. N. erwiderte: »Wie kann das sein, ich habe dich doch nie geliebt.«

Malektadsch zog einen Brief heraus, hielt ihn Dr. N. unter die Nase und sagte: »Lies, was du da geschrieben hast!«

Ich wehrte ab: »Ich will das nicht sehen. Ich habe dieses Geschwätz auf keinen Fall geschrieben.«

Malektadsch las laut: »Liebste Malektadsch, die ich dich schon immer in meinem Herzen trug, komm so schnell es geht zu mir nach Paris, damit ich deinen Liebreiz wiedersehen und mich in der Liebe zu dir verlieren kann. Jede Faser meines Körpers ruft nach dir und all meine Gedanken sind bei dir. Keine Nacht vergeht, ohne dass ich von dir träume, wie du in deinem weißen Kleid mit wehenden Haaren aus der Tiefe der schmalen, baumbestandenen Auffahrt vor eurem Haus mir entgegenläufst und deine Lippen zum Kuss spitzt ...«

Dr. N. unterbrach sie: »Das habe ich nicht geschrieben.

Ich habe jemandem Geld gegeben, dass er dir diese Dinge schreibt. Du siehst ja, wie albern und dünn das ist.«

Malektadsch holte einen anderen Brief hervor und begann zu lesen: »Liebste Malektadsch, meine Seele, mein Leben …«, als Dr. N. sich dem Haus zuwandte und ihr ins Wort fiel: »Frau, du gehst mir auf die Nerven. Wie oft soll ich dir noch sagen, dass ich dieses Geschwätz nicht geschrieben habe.«

Malektadsch sagte: »Erinnerst du dich, was wir in Paris für eine schöne Zeit hatten?«

Ich antwortete: »Nein, ich war nie in Paris.« »Erinnerst du dich, wie wir Hand in Hand über die Champs-Élysées spaziert sind – von einem Café zum nächsten – und zu den Melodien von Glenn Miller, der gerade in Mode war, getanzt haben?«

»Nein. Was sind denn die Champs-Élysées für ein Schrottplatz? Und was für ein Idiot ist Glenn Miller?«

»Erinnerst du dich, wie wir jede Gelegenheit nutzten, um miteinander zu schlafen?«

»Ich weiß überhaupt nicht, wovon du sprichst.«

Ich wendete mein Gesicht vom Garten ab. Malektadsch stand erwartungsvoll vor mir und fragte:

»Weißt du es wirklich nicht?«

Ich schämte mich und sagte: »Malektadsch, ich kann nichts dafür.« Herr Mossadegh sagte: »Mohsen, nicht vor meinen Augen.«

Ich hatte nicht gelogen. Ein paar Monate nach meiner Freilassung war Herr Mossadegh in unser Schlafzimmer gekommen und war von da an immer dort. Immer wenn ich

Lust verspürte, Malektadschs Körper zu berühren, sagte er: »Mohsen, nicht vor meinen Augen.« Ich erwiderte: »Aber Herr Mossadegh, Sie sind Tag und Nacht wie ein Schatten um mich herum. Wann also?«

Herr Mossadegh sagte: »Wie soll ich das wissen. Schlaf nicht vor meinen Augen mit deiner Frau!«

Malektadsch sprach mich an: »Mohsen, bist du verrückt geworden? Mit wem sprichst du denn?«

»Mit Herrn Mossadegh. Seine Augen leuchten in der Dunkelheit.«

»Seit einiger Zeit sprichst du viel mit dir selbst. Pass auf dich auf! Wahnsinn kann man nicht verbergen.«

»Herrn Mossadegh gefällt es nicht, wenn wir miteinander schlafen. Was hat das mit Verrücktheit zu tun?«

»Irgendetwas ist in deinem Unterbewusstsein dabei zu explodieren. Du denkst zu viel an Herrn Mossadegh. Du versteckst dich zu sehr in diesem Haus und gehst nicht unter die Leute. Was soll ich sagen. Sollte Herr Mossadegh wirklich immer an meinem Bett stehen, ziehe ich es vor, in getrennten Zimmern zu schlafen. Ich richte dir das Zimmer über diesem hier als Schlafzimmer für dich und Herrn Mossadegh ein.«

»Malektadsch, es ist mein größter Wunsch, mit dir zu schlafen, aber was soll ich machen, wenn es Herrn Mossadegh doch nicht gefällt und er sagt, wir sollen es nicht vor seinen Augen tun?«

»Mohsen, du wirst langsam verrrückt. Verrückt und ein Säufer. Seit du aus dem Gefängnis entlassen wurdest, trinkst du ununterbrochen. Diese Whiskyflasche gibst du keine Sekunde aus der Hand. Von Tag zu Tag wird dein Benehmen schlechter und du wirst jeden Tag unerträglicher.

Malektadsch setzte sich ans Klavier: »Mohsen, lass uns Herrn Mossadegh in seinem Exil besuchen. Vielleicht geht es dir besser, wenn du ihn siehst. Ich habe von deiner Mutter gehört, dass Herr Mossadegh sagt: ›Mohsen quält sich völlig umsonst. Ein Staatsstreich ist eine politische Ausnahmesituation. Er hat genau das getan, was ich von einem vernünftigen Menschen erwarten würde. Er hat sich zu diesem Interview bereit erklärt, um seine Frau zu retten. Ich hätte an seiner Stelle das Gleiche getan.‹«

Dr. N. blickte in eine weit entfernte dunkle Ecke des Gartens: »Aber Dr. Fatemi hat kein Interview gegeben.«

Malektadsch fragte: »Er hat also das Richtige getan?«

Ich erwiderte: »Malektadsch, Dr. Fatemi und ich, wir haben Herrn Mossadegh gemeinsam unser Wort gegeben. Er hat sein Wort gehalten und ich habe meines gebrochen. Warum willst du das nicht verstehen?«

»Ich verstehe das schon, aber ...«

»Aber was? Ich habe mein Wort gebrochen. Auch jetzt noch fühle ich Herrn Mossadeghs Hand in meiner.«

»Lass uns Herrn Mossadegh besuchen!«

»Herr Mossadegh beehrt uns doch hier mit seiner Gegenwart. Er füllt dort drüben gerade die Gießkanne am Wasserbecken.«

»Sag doch einfach: ›Ich traue mich nicht, Herrn Mossadegh gegenüber zu treten.‹« »Herr Mossadegh ist doch aber immer hier, bei mir.«

Das eintönige Schlagen der Wanduhr erfüllte den Raum.

Das Schwarzweißfoto des Onkels und des Vaters, wie sie beide mit Lammfellhüten und hochgezwirbelten Schnurrbärten auf einer Bank zwischen zwei großen Töpfen mit Palmen saßen, hing an der Wand beim Klavier. Sie fingen mit ihren Augen den Blick von Dr. N. ein. Der Vater lächelte auf dem Foto, während der Onkel grimmig blickte wie immer. Ich sagte: »Vater, hilf mir! Malektadsch ist tot. Sie ist heute unter ein Motorrad gekommen.«

Der Vater trat aus dem Bild heraus. Er hatte die Hände hinter dem Rücken verschränkt. Ein beruhigendes Lächeln lag auf seinen Lippen, wie in den Tagen, als er gerade aus dem Exil zurückgekommen war. Er trat zu mir und strich mir mit der Hand, die er hinter seinem Rücken hervorgeholt hatte, über den Kopf. »Vater, Malektadsch ist tot. Mein Leben ist zerstört. Ich bin ein Verräter geworden und habe euch damit die Seelenruhe geraubt. Ich habe Schande über die Familie gebracht.«

Vater sagte: »Mohsen, ich habe für dich bei meinem Bruder um Malektadschs Hand angehalten. Er hatte geantwortet: ›Eine Ehe zwischen Cousin und Cousine ist im Himmel geschlossen.‹ Ihr seid ja schon seit eurer Kindheit ineinander verliebt und wolltet zusammen sein. Geh zu Malektadsch und verabrede mit ihr einen Tag, an dem die Hochzeit stattfinden soll. Ich möchte vor meinem Tod noch meinen ältesten Sohn als Bräutigam sehen.«

Der Onkel trat aus dem Bild. Er blickte grimmig. Voller Zorn schüttelte er heftig den Kopf. Als er den Vater erreichte, sagte er: »Bruder, es war ein Fehler, ihm diesen ganzen Besitz zu hinterlassen. Er ist ein undankbarer Mensch.

Gott sei Dank, bist du gestorben und hast vieles nicht mehr erleben müssen.«

»Onkel, es war doch nicht aus Angst um mein eigenes Leben, dass ich dieses Interview gegen Herrn Mossadegh gegeben habe.«

Im gleichen Moment, als Vater in sein Bild zurücktrat, schrie der Onkel flammend: »Du hast Schande über die ganze Familie gebracht. Ich bin froh, dass dein Vater nicht mehr lebt, um zu sehen, welche Schlange er an seiner Brust genährt hat. Du Idiot, Herr Mossadegh hat dich mehr als seinen eigenen Sohn geliebt. Ich spucke auf dich.«

Vater lachte in seinem Bild laut auf »Bruder, hast du nicht immer gesagt: ›Gott hab dich selig, dass du der Gesellschaft einen solchen Sohn geschenkt hast, wie sich kein besserer in unserer Familie findet.‹ Bist du etwa nicht an mein Grab gekommen und hast erzählt, wie stolz du dich Herrn Mossadegh gegenüber fühlst und wie glücklich du bist, einen solchen Neffen zu haben. Bist du nicht zu mir gekommen, um zu sagen, dass Ali Mossadegh im Stich gelassen hätte, Mossadegh sich aber auf Mohsen voll und ganz verlassen könne.«

Der Onkel schrie: »Bruder, sei still. Der Krebs hat deinen Verstand aufgefressen und du begreifst nicht, was ich sage. Denk daran, Du und ich, wir waren Freiheitskämpfer aus der Zeit der Verfassungsrevolution. Denk daran, Du und ich, wir waren Gegner der Diktatur von Reza Schah. Wir haben die Hälfte unseres Besitzes der Unabhängigkeit dieses Landes geopfert. Woher hätte ich wissen sollen, dass dieser Bastard ein Verräter wird. Woher hätte ich wissen sollen, dass er uns allen vor Herrn Mossadegh Schande macht.«

Die Fotografie des Vaters verstummte und sein übliches Lächeln tauchte wieder auf. Malektadsch stand mit verstörtem Blick an der Zimmertür. Sie sagte langsam und mit Nachdruck: »Vater, er hat für mich dieses Interview im Radio gegeben. Er dachte, sie würden mich vergewaltigen. Er dachte, sie würden mich foltern. Er dachte, …«

Der Onkel machte vom Rahmen aus einen Satz auf Malektadsch zu und schüttelte voll Zorn seine Faust in der Luft: »Du musst dich entscheiden! Entweder verlässt du sofort mit mir dieses Haus und schaust dich nicht um, oder du bleibst bei diesem Verräter und bist bis zum Ende deines Lebens einsam. Glaube ja nicht, ich würde mich milde stimmen lassen, weil du mein einziges Kind bist. Entscheide dich schnell!« Der Onkel verstummte und wartete mit unstetem Blick auf Malektadschs Antwort. Malektadsch hielt den Kopf gesenkt und zeigte keinerlei Reaktion. Bevor der Onkel in das Bild zurückeilte und sich wieder neben den Vater setzte und grimmig blickte, sagte er: »Von jetzt an bist weder du meine Tochter, noch ist dieses Stück Hundescheiße mehr mein Neffe. Ich werde dich enterben, und jedem, der sich diesem Haus nähert, eine Lektion erteilen. Ich werde dafür sorgen, dass ihr so einsam seid, dass ihr froh seid, wenn ihr euer eigenes Gesicht im Spiegel seht.«

Mein besorgter Blick schweifte durch das Zimmer. Malektadschs flehende Stimme, die »Vater, so warte doch!« rief, verschwand hinter den Schlägen der Wanduhr, und die Gestalt des Onkels kehrte in das Bild zurück, um mit ihrem

zornigen Blick das Leben von Dr. N. zu verdunkeln. Malektadsch kam mit Tee auf einem Tablett ins Zimmer: »Die ganze Welt boykottiert uns. Niemand ist bereit, dieses Interview zu vergessen. Die Familie ist gespalten. Eine Hälfte hält jetzt zu Mossadegh, die andere Hälfte zu Ali. Aber wir sind zwischen die Fronten geraten. Weder die auf der einen Seite noch die auf der anderen Seite akzeptieren uns.«
Meine Mutter kam, um mich zu sehen. Mein Bruder stützte sie. Ich stand hinter der Glasfront des Wohnzimmers. Als ich sah, dass meine Mutter, mein Bruder und Malektadsch in Richtung Haus kamen, ging ich die Treppe hinauf und schloss mich in meinem neuen Schlafzimmer ein. Meine Mutter kam und stellte sich an die Tür. Sie schluchzte: »Mohsen, mach die Tür auf! Ich möchte mit dir reden. Ich möchte wissen, warum du dich ein ganzes Jahr in diesem Haus eingesperrt hast. Ich habe keinen Sohn aufgezogen, damit er sich hinter verschlossenen Türen versteckt. Ich stehe hinter dir und lasse es nicht zu, dass jemand schlecht von dir redet. Prinz Mossadegh wollte einen fähigen Stellvertreter, nicht einen Helden, der sich zum Märtyrer macht. Er hat das selbst in einem Brief an dich geschrieben. Schau, das ist sein Brief! Ich schiebe ihn unter der Tür durch, damit du ihn selbst lesen kannst und nicht denkst, ich würde dich anlügen. Malektadsch sagt, du trinkst ununterbrochen. Warum? Was ist denn passiert? Ich sagte mir, du willst einige Monate allein sein, und dann wirst du wieder ins Leben zurückkehren. Aber Malektadsch sagt, dass du jeden Tag tiefer in diesem Loch versinkst, das du dir selbst gräbst. Ich erlaube deinem Onkel nicht, dass er über

dein Leben bestimmt. Weise mich nicht ab, und mach die Tür auf!« Ich machte nicht auf, und meine Mutter redete so lange auf mich ein, bis sie mir schließlich drohte: »Ich schwöre bei allem, was mir heilig ist, wenn du die Tür nicht aufmachst, gehe ich weg und drehe mich nicht mehr um. Ich werde dann auch deinen Geschwistern nicht mehr erlauben, dich zu besuchen.« Als sie langsam und gebeugt das Haus verließ, stand ich hinter dem Fenster und blickte ihr nach. Ob sie wohl an dem lauten Klopfen meines aufgewühlten Herzens bemerkte, dass ich ihr nachschaute? Sie hielt plötzlich inne und wandte den Kopf zu meinem Fenster um. Ich wich zur Seite, und an der Bewegung des Vorhangs erkannte sie sicherlich, wie ich darauf brannte, zwei Treppenstufen auf einmal zu nehmen, hinunter und durch den Flur zu eilen und im Garten meinen Kopf auf ihre Brust zu legen und zu sagen: »Mutter, rette mich aus dieser Hölle!« Als ich das Zuschlagen der Tür hörte, setzte ich die Whiskyflasche an und trank und trank. Herr Mossadegh stand noch immer hinter dem Fenster und blickte in den Garten. »Gut, dass du die Tür nicht aufgemacht hast. Du musst für dieses Interview bezahlen! Heb diesen Brief auf und steck ihn ungeöffnet in die Tasche!«

Im Wohnzimmer fühlte Dr. N. nach dem Brief, den er immer in seiner Jackentasche trug, aber noch nie gelesen hatte. Dann nahm er sich eine Tasse Tee vom Tablett und sagte: »Malektadsch, wenn der Onkel mich nicht mit Ächtung belegt hätte, hätte ich es selbst getan.«

Malektadsch antwortete: »Die ersten Monate nach deiner Entlassung aus dem Gefängnis, warst du nur bedrückt.

Jetzt dagegen lebst du in Angstfantasien. Je länger du in diesem Haus bleibst, erscheinen dir die Ereignisse immer größer und unheilvoller.«

Ich warf ein: »Aber die Leute …«

Malektadsch fiel mir ärgerlich ins Wort: »Haben dich genau diese Leute nicht in der Dunkelheit so verprügelt, dass du zwei Wochen im Krankenhaus mit dem Tod gekämpft hast? Haben sie dich nicht so verprügelt, dass dein eines Bein jetzt dein Leben lang verkrüppelt bleibt? Sie haben dich für dieses Interview doch genug bezahlen lassen. Was wollen sie denn noch von uns?«

Ich trank zu dieser Zeit noch nicht so viel Alkohol, dass ich jeden Abend betrunken und ohne Verstand auf mein Bett gefallen wäre. Ich konnte nicht einschlafen und auf Malektadschs Drängen zog ich mich an und ging aus dem Haus. Seit dem Interview waren einige Wochen vergangen, und es war das erste Mal, dass ich das Haus verließ. Es war Nacht geworden. Ich spazierte im Mondschein um den Azizabad-Platz und sog die frische Luft ein, die den Duft der Jasminblüten aus den Gärten der umliegenden Häuser mit sich trug. Die Straße lag so still und einsam, dass ich deutlich den leisen Hauch des Windes vernahm, der durch die Blätter der Platanen über den Platz strich. Auf den Stufen vor einem Laden saß die Frau, die immer in ihrem roten Kleid durch die Straßen irrte, und starrte verwirrt in die Luft. Als ich an ihr vorbeiging, trat auf einmal ein Mann aus der Dunkelheit hervor und fragte leise: »Kennst du Dr. Fatemi?«

Das plötzliche Erscheinen dieses Mannes ließ mein Herz heftig klopfen: »Ja.«

Mehrere andere Männer traten ebenfalls aus dem Schatten und umringten mich. Der Mann fuhr fort: »Du kennst also Dr. Fatemi und weißt, was du im Unterschied zu ihm für ein Mensch bist! Weißt du auch wie viele Monate wir hier schon auf dich warten?«
»Nein, das weiß ich nicht.«
»Seit dem Tag des Interviews. Acht Monate. Weißt du, warum wir auf dich warten?«
»Ja, damit ihr mich bestrafen könnt. Damit ihr mich so lange schlagen könnt, bis ich nicht mehr aufstehen kann.«
»Das hast du gut begriffen.«
Sie schlugen mich heftig. Aber so viel sie auch schlugen, ich gab keinen Laut von mir. Malektadsch stand in der Zimmertür: »Erinnerst du dich, wie ich dich Halbtoten ganz allein in das Taxi gehievt und dich ins Krankenhaus gebracht habe?«
»Nein, ich kann mich nicht erinnern.«
»Wie kann es sein, dass du dich nicht erinnerst? Ich schwöre dir, dass diese schäbigen Leute alle hinter den Fenstern saßen, während sie dich derart schlugen, und zugeschaut haben! Sie haben dich so geschlagen, dass du kaum noch atmen konntest.«
Dr. N. sagte: »Ich erinnere mich aber nicht mehr.«
Ich erinnerte mich und krümmte mich in der dunklen Straßenecke vor Schmerzen. Nachdem sie gegangen waren, fand mich Malektadsch, die sich wegen meines langen Ausbleibens Sorgen gemacht hatte, und sagte entsetzt: »Mohsen, was haben sie mit dir gemacht? Wer hat dich so zugerichtet?«

»Malektadsch, lass mich hier sterben. Ich will nicht mehr leben. Ich will nicht mehr.«

Malektadsch saß mit ergrauten Haaren auf den Stufen vor dem Haus. Als sie ihr Buch aufschlug, sprach ich sie an: »Malektadsch, warum hast du mich vor Jahren nicht in dieser Nacht sterben lassen! Ach, wenn du doch zugelassen hättest, dass ich stürbe.«

»Die Antwort ist sehr einfach: weil ich dich liebe. Wenn du wüsstest, wie ich mich in dieser Nacht gefühlt habe, als ich dich so verletzt und halb tot sah.«

Malektadsch stand neben der Tür und fädelte weiße Jasminblüten auf eine Schnur: »Wir sind sehr einsam geworden. Von Tag zu Tag entfernen wir uns weiter von den Leuten. Hast du in letzter Zeit bemerkt, wie die Leute aus der Nachbarschaft uns ansehen? Als ob wir aussätzig wären. Unser Haus ist wie eine Insel in der Mitte des Ozeans. Du sitzt immer hier zu Hause und siehst und hörst nichts. Nicht einmal unsere unmittelbaren Nachbarn grüßen mich. Hast du nicht bemerkt, dass mir die Händler in dieser Straße nichts verkaufen? Weißt du, wie weit ich laufen muss, um uns Lebensmittel zu besorgen? Wie lange kann man das aushalten? Ali hat es gut. Das lässt ihn alles völlig kalt. Aber wir haben doch ganz andere Möglichkeiten als die hier. Lass uns dieses Stadtviertel verlassen. Lass uns ein schönes großes Haus mit Garten im Norden der Stadt kaufen und so wenigstens den Leuten aus den Augen kommen.«

»Wenn du gehen willst, geh schon! Ich kaufe dir jedes Haus, das du willst. Aber ich verlasse dieses Haus nicht.«

»Dann lass uns einen Dienstboten einstellen, damit ich

nicht immer diesen Leuten da draußen in die Augen blicken muss.«

»Wenn du einen Dienstboten in dieses Haus bringst, schneide ich ihm nachts den Kopf ab und lege ihn ihm auf die Brust. Wenn du weniger vor die Tür gehen willst, beauftrage jemanden mit unseren Einkäufen. Er kann sie dann an der Tür abgeben. Bringt mir Monsieur Ararat etwa nicht meinen Whisky? Wenn du jemandem Geld gibst, erledigt er alles für dich.«

Malektadsch sagte: »Mohsen, lass uns nach Paris gehen. Lass uns alles, was wir haben, verkaufen, von hier fortgehen und alles vergessen. Ich verspreche dir, wenn du die Luft eines anderen Landes einatmest, wird es dir wieder besser gehen und du wirst die Welt mit anderen Augen sehen.«

Herr Mossadegh verzog das Gesicht: »Willst du mit deiner Frau nach Paris gehen, Rotwein mit Käse genießen, in den großen Salons zu den Melodien von Glenn Miller mit ihr tanzen und das Geld deines seligen Vaters durchbringen? Willst du die Tage wieder auferstehen lassen, als Malektadsch sich nach der neusten Mode kleidete, um den Pariser Frauen in nichts nachzustehen? Oder mit deiner Frau in den Cafés Händchen halten? Bravo! Nein, du hast kein Recht dazu, nach Paris zurückzukehren! Mohsen, solange ich im Exil bin, hast du kein Recht, dieses Haus zu verlassen. Wenn du von hier fortgehst, wie willst du dich weiter quälen? Die Leute in dieser Straße kennen dich und können mich durch ihre Nichtachtung an dir rächen. Aber wenn du von hier fortgehst, wer wird dich noch kennen, um dich mit Abscheu anzublicken und dich immer an dieses Interview zu erinnern? Mensch! Der selige Dr. Fatemi hat mir sein Wort gegeben. Du hast mir auch dein Wort gegeben.«

»Herr Mossadegh, Gnade! Ich bin so allein. Ich bin so unglücklich. Ihretwegen habe ich sogar das Telefon abgemeldet. Ihretwegen habe ich versucht, Malektadsch aus diesem Haus zu vertreiben. Ich wollte mich für dieses Interview selbst mit Einsamkeit strafen. Aber jetzt sehe ich, dass ich nicht mehr kann. Es sind jetzt schon so viele Jahre, dass ich dieses Haus nicht mehr verlassen habe. Erlauben Sie doch, dass ich meine Frau bei der Hand nehme und mit ihr von hier fortgehe! Erlauben Sie doch, dass ich vergesse, wer ich bin und was ich einmal war.«

Dr. Mossadegh zog sich seinen Umhang über den Schultern zurecht, hockte sich beleidigt hin, stützte die Stirn auf seinen Gehstock und murmelte: »Ich erlaube es nicht. Du musst hier bleiben! Hast du nicht gesagt, dass du sogar Straßenkehrer wirst, wenn ich es für richtig halte. Jetzt halte ich es für richtig, dass du hier bleibst! Oder bist du mir wieder so ergeben, wie an dem Tag, als du mich in dieser verdammten Radiosendung verraten hast? Weißt du, welchen Tag ich meine? Weißt du, was du da alles gesagt hast, oder nicht?«

Ich sagte: »Malektadsch, ich bleibe hier, bis ich verschimmele. Und ich erlaube nicht, dass auch nur eine Seele her herein kommt. Ich habe weder einen Bruder, noch eine Schwester, noch sonst irgendwelche Angehörigen. Geh Du auch! Rette dich und bleib mir fern. Ich will hier allein sein, ganz allein. Mit den Whiskyflaschen, die Monsieur Ararat mir bringt, will ich mir die Tage verdunkeln. Ich habe Angst, dass ich dich, wenn du hier bleibst, noch unglückli-

cher mache als die da draußen. Geh schon! Erlaube nicht, dass ich dich noch mehr quäle, als sie es schon tun. Erlaube nicht, dass ich mich mehr quäle als sie mich.«
»Der ganze Alkohol der Welt kann dir nicht dabei helfen, dieses Interview zu vergessen. Die einzige Möglichkeit ist, dir zu sagen: Lassen wir es. Es ist passiert, und es ist vorbei.«
Ich lehnte meinen Kopf gegen die Fensterscheibe: »Ich weiß. Aber der Whisky lässt mich das Leben leichter ertragen. Herr Mossadegh hat auch nichts dagegen.«
»Mein Dasein macht das Leben für dich auch angenehmer.«
»Ich will aber keine Annehmlichkeiten im Leben. Ich will mich quälen. Ich möchte wie Dr. Fatemi werden.«
Dr. Mossadegh neben dem Klavier lächelte zynisch: »Er möchte wie der selige Dr. Fatemi werden. Was redet er nur. Ausgerechnet wie Dr. Fatemi will er sein. Ist es nicht schade um diesen guten Mann, dass du elendiger Verräter seinen Namen in den Mund nimmst?«
Malektadsch nahm die Porzellanpuppe vom Sims, schleuderte sie gegen die Wand und schrie:
»Du quälst dich viel mehr als Dr. Fatemi. Dr. Fatemi ist nach ein paar Stunden Leiden gestorben. Aber du quälst dich seit Jahren. Seit Jahren stirbst du und wirst wieder lebendig. Es ist genug, Mann!«
Als Dr. N. seine Stirn von der Scheibe löste, sah er durch das Fenster, dass Malektadsch dabei war, im Garten die Rosen zurückzuschneiden. Ich erinnerte mich an meine Jugend, hauchte auf die Scheibe, so dass sie beschlug, und malte ein großes Herz hinein. Ich ließ es von einem Pfeil

durchbohren und zeichnete daneben noch ein paar Tropfen Blut. Malektadsch, die neben mir stand, sagte: »Da du dich entschieden hast, für immer in diesem Haus zu bleiben, fang doch wieder wie früher an zu schreiben. Weißt du noch, was du für einen schönen Stil hattest? Weißt du noch, wie du gesagt hast, wenn du nur Gelegenheit hättest, was für gute Erzählungen du schreiben würdest? Jetzt hast du doch so viel Zeit. Setz dich hin und schreib. Und wenn du keine Lust mehr hast zu schreiben, dann sind da ja noch die vielen Erzählbände im Regal. Lies sie!«

»Malektadsch, ich habe kein Talent mehr zum Schreiben. Mein Hirn ist müde geworden. Meine Gedanken sind für das Schreiben zu stumpf geworden. Ich fühle mich selbst wie eine Erzählung, eine traurige Erzählung, die traurigste Erzählung der Welt. Statt darüber zu sprechen, spiel lieber ein wenig Klavier für mich.«

»Wenn ich Klavier spiele, habe ich das Gefühl, dass sich der Kummer der ganzen Welt in deinen braunen Augen spiegelt. Ich will deinen Kummer nicht noch vermehren.«

»Malektadsch, spiel! Lass mich all den Kummer der Welt in meiner Brust sammeln!«

Herr Mossadegh mischte sich ein: »Ja, sag ihr, sie soll für dich Klavier spielen! Aller Kummer dieser Welt soll sich in deinen braunen Augen spiegeln.«

Malektadsch aber antwortete: »Nein, du musst eine Beschäftigung für dich finden. So geht es nicht, dass du jeden Morgen aufstehst, diesen mittelalterlichen Anzug anziehst und darauf wartest, dass Herr Mossadegh auf die politische Bühne zurückkehrt.«

»Das ist das Einzige, was mich von diesem Albtraum befreien kann – dass Herr Mossadegh wieder Ministerpräsident wird, mich zu seinem Stellvertreter ernennt und mich schwören lässt, ihm treu ergeben zu sein. Wenn er mir die Hand gibt, wenn er seine warme, alte Hand in die meine legt.«

Als Dr. Amini Ministerpräsident wurde, kam er mit einem großen Blumenstrauß zu mir zu Besuch. Während ich mich an die Gartenmauer lehnte und auf seine Begrüßung nicht antwortete, trank ich die ganze Zeit Whisky. Malektadsch nahm ihm die Blumen ab und bot ihm den Stuhl neben den Blumenbeeten an. Dr. Amini sagte: »Mohsen, ich hoffe, der Whisky hat deinen Geist noch nicht so verwirrt, dass du nicht verstehen kannst, was ich dir jetzt sage.«

Ich starrte ihn nur an. Malektadsch sprach stattdessen: »Ali, Mohsen bringt sich um.«

Dr. Amini fuhr fort: »Mohsen, wie Mossadegh mit dir verwandt ist, so ist er doch auch mit mir verwandt. Genauso viel Liebe und Wertschätzung, wie du ihm entgegenbringst, empfinde auch ich für ihn. Aber es gibt Dinge, die man nicht nur mit Liebe und Wertschätzung lösen kann. Mossadegh hat Amerika unterschätzt. Und du hast genau wie Mossadegh geglaubt, man könne sich einer Großmacht nur mit Dickköpfigkeit, großen Worten und leeren Drohungen entgegenstellen. Ich sage, das geht nicht. Du hast gesehen, dass der Staatsstreich ein Kinderspiel für sie war, alles kurz und klein zu schlagen. Sogar dich haben sie im Radio ein Interview geben lassen. Man muss sich mit dem Wenigsten begnügen und bei keiner Sache gleich das letzte Wort sprechen. Verstehst du, was ich sage, oder nicht? Ich möchte dir das Justizministerium übertragen. Ich brauche dringend einen so fähigen Mann wie dich. Mohsen, ich bitte dich, nimm das Amt des Justizministers an.« Dr. N. antwortete: »Für mich war nur Herr Mossadegh wichtig. Er und sonst nichts. Ali, ich gebe dir fünf Minuten Zeit, dieses Haus zu verlassen. Wenn du dann nicht weg bist, pinkele ich dich an.«

Dr. Amini erwiderte: »Ich dachte immer, nur Helden seien dumm. Jetzt sehe ich, dass Verräter kein bisschen weniger dumm als Helden sind. Schau dich selbst im Spiegel an! Wie lächerlich du geworden bist.«

Ich spuckte ihm ins Gesicht, und ich war gerade dabei, meine Hose herunterzulassen, als Dr. Amini das Haus verließ. Malektadsch sagte: »Mach, was du willst. Jetzt, da du dich entschieden hast, nicht Minister zu werden und dein ganzes Leben in diesem Haus zu verbringen, musst du dir einen Zeitvertreib suchen.« Ich steckte mir die Finger in die Ohren: »In Ordnung, ich werde gärtnern. Ich möchte diese Beete mit Blumen bepflanzen.«

Herr Mossadegh meldete sich zu Wort: »Dann musst du dir ein Gewächshaus in einer Ecke des Gartens bauen lassen! Die Blumen brauchen im Winter einen Schutz. So viel Verantwortungsgefühl wirst du ja wohl noch haben. Oder willst du die Blumen auch im Stich lassen?«

Dr. N. teilte die zwei Reihen von Beeten links und rechts des Hauses zwischen sich und Malektadsch auf, schenkte der ständigen Rede Malektadschs »Mann, mit Anzug und Krawatte macht man doch keine Gartenarbeit!« keine Beachtung und begann zu den Klängen von Delkesch, deren Stimme aus dem Grammophon im Haus erklang, Rosen zu pflanzen. In einem Winkel des Gartens errichtete er ein kleines Gewächshaus. Jeden Morgen, nachdem er ein Glas Whisky getrunken hatte, polierte er die Blätter der Rosen mit einem Stück Watte, bis sie glänzten, und säuberte sie von Spinnweben. In diesen Tagen war seine Liebe noch nicht so gebrechlich geworden, dass er zu seiner Frau gesagt hätte: »Ich will dich nicht mehr sehen. Geh mir aus den Augen!«, und seine Frau war noch nicht so dreist geworden zu sagen: »Wie oft soll ich dir noch sagen, trink nicht so viel Alkohol! Schau dir dein widerliches Gesicht im Spiegel an! Dein Kopf ist zweimal so groß wie vorher, deine Nase ist rot und verquollen wie eine Erdbeere und deine Augen stehen hervor wie bei einem Frosch.« Mann und Frau, beide hatten sie, jeder in seinem Beet, sechs Rosenbüsche gepflanzt, von denen Malektadsch meinte: »Sie anzusehen ist ein Genuss.« Als die Beete gerichtet und die gänzlich verdorrten Äste der Maulbeerbäume mit Leiter und Säge gestutzt waren, so dass sich das Himmelsblau und das leuchtende Bild der Sonne im Wasserbecken spiegelten, lehnte sich Herr Mossadegh an die Gartenmauer und sagte: »Mohsen, vergiss nicht Immergrün zu pflanzen.« Ich antwortete: »Natürlich nicht, ich habe schon welches gepflanzt und die hundertzwanzig Blumentöpfe im Garten zwischen mir und Malektadsch aufgeteilt, damit wir sehen können, wer besser Blumen züchten kann.«

Malektadsch rief während des Klavierspiels: »Ich bin sicher, du.«

Als alles ruhig und geordnet war und der Garten so grünte und blühte, dass er nur mit dem Garten im Hause meines Vaters zu vergleichen war, ging Herr Mossadegh in die Beete und trampelte auf den Blumen herum: »Da hast du dir ja einen angenehmen Zeitvertreib ausgedacht. Schön für dich, dass du alles, sogar mich so leicht vergessen hast. Seht nur, was für hübsche Blumen du in den Beeten gepflanzt hast, es ist ein Genuss, sie anzusehen. Wenn ich an deiner Stelle gewesen wäre, hätte ich beim Anblick dieser wunderbaren Blumen auch alles vergessen – total vergessen. Besonders bei dieser roten Rose, die so groß ist. Das ist wirklich ein gärtnerisches Meisterstück. Bravo! Du hast mich wirklich gründlich vergessen und stattdessen so großartig Blumen gezüchtet. Ausgezeichnet! Die Stimme von Delkesch gefällt dir ja auch. Sonst fehlt dir nichts mehr zu deinem Glück, oder?«

»Ich kann Sie überhaupt nicht vergessen.«

Während Herr Mossadegh an dem großen Spiegel im Flur vorbeiging, betrachtete er sich von Kopf bis Fuß: »Wie schön, dass du dich auch so gut mit deiner Frau verstehst. Du hast wirklich Glück. Du bist ein beneidenswerter Mensch. Wie schnell du deinen Verrat vergessen konntest.«

»Wollen Sie, dass ich mich mit Malektadsch streite?«

Herr Mossadegh lächelte vertraulich: »Mich fragst du, du Verräter, der alles vergessen hat?«

Ich konnte nichts dafür. Ich habe mich mit Malektadsch überworfen. Die Freude, so schöne Blumen im Garten zu haben, hat mich verrückt gemacht. Zu mir selbst sagte ich:

»Du bist wirklich ein elender Verräter.« Als ich in einer dieser mondhellen Nächte, in der ich mich an das Interview erinnerte und trotz des vielen Alkohols, den ich trank, nicht einschlafen konnte, stand ich auf, ging im Dunkeln die Flurtreppe hinunter und trat in den Garten. Der Garten lag im Zwielicht und die große runde Scheibe des Mondes spiegelte sich zitternd im Wasserbecken. Ich ging zu Malektadschs Beeten, riss ihre Rosensträucher mit der Wurzel heraus, zerpflückte sie und verteilte die Stücke im ganzen Garten. Dann ging ich zum Wasserbecken und stellte mich nahe an das Spiegelbild des Mondes. Ich erinnerte mich, welche Mühe und Arbeit Malektadsch mit ihren zarten Händen in das Züchten dieser Blumen investiert hatte. Sie tat mir leid. Meine Kehle schnürte sich zu und ich meinte zu ersticken. Ich entschied mich, in ihr Zimmer zu gehen und sie, weil sie doch das einzige Kind ihres Vaters war, weil sie all diese schwere Zeit mit mir geteilt hatte, weil sie mit ihren zarten weißen Fingern die Erde bearbeitet hatte, weil sie mit ihren Schweißtropfen den Boden der Beete benetzt und weich gemacht hatte, weil sie auf alle Freuden des Lebens verzichtet hatte, um bei mir zu bleiben, und wegen des Schreis, den sie ausgestoßen hatte, als ich ihr eine Eidechse ins Kleid steckte, wegen ihres Schluchzens, als ich ihr weißes Hochzeitskleid mitten im Garten anzündete, wegen ihres bedingungslosen Vertrauens auf eine Liebe, die einst in den Winkeln der Vorratskammer begonnen hatte, wegen der Hand, die sie in die Toilettengrube gesteckt hatte, um meinen Hochzeitsring, den ich dort hineingeworfen hatte, herauszuholen … sie wegen all dieser Dinge auf die Stirn zu küssen.

Ich ging in ihr Schlafzimmer. Wie gequält sah ihr Gesicht doch im Mondlicht aus. Im hellen Schatten des Mondes war nichts von ihrer früheren Koketterie, ihrer Munterkeit und ihrem Liebreiz zu sehen. Ich küsste ihre Stirn. Sie schreckte aus dem Schlaf. »Malektadsch, Herr Mossadegh hat die Blumen in deinen Beeten zerpflückt und sie dann im ganzen Garten verteilt. Dann wollte er die Platten von Delkesch zerbrechen, aber ich habe ihn daran gehindert.«

Malektadsch antwortete schlaftrunken: »Gut, dass du ihn davon abgehalten hast. Das mit den Blumen ist auch nicht so schlimm. Ich pflanze neue. Geh jetzt schlafen! Sag auch Herrn Mossadegh, dass er schlafen gehen und nicht mehr solche Sachen machen soll.«

»In Ordnung, ich bitte Herrn Mossadegh darum, dass er in Zukunft so etwas nicht mehr tun soll.«

»Bitte schließ die Tür hinter dir!«

»Ja, Liebes.«

Als ich die Tür hinter mir schloss, sagte Malektadsch: »Gute Nacht, Mohsen.«

»Dir auch eine gute Nacht.«

Herr Mossadegh mischte sich ein: »Wie nett ihr wieder zueinander seid. Wenn du willst, geh doch wieder zu ihr!«

Herr Mossadegh ging noch einige Male in den Garten und riss meine und Malektadschs Blumen an den Wurzeln heraus und zerstreute sie überall. Malektadsch sagte beim Frühstück traurig: »Mohsen, warum zertrittst du die Blumen? Warum zerbrichst du ihre Zweige? Siehst du etwa nicht, mit welcher Mühe ich sie besorge und in diese Beete pflanze?«

Dr. N. antwortete mit der Miene des Unschuldigen: »Ich? Wie kommst du darauf, dass ich es war? Herr Mossadegh bringt nachts die Beete durcheinander.«

»Mohsen, du veränderst dich sehr. Man kann nicht glauben, dass dieser nette und höfliche Mohsen sich so verändert hat. Weißt du denn etwa nicht selbst, wie lächerlich du mit diesen langen Haaren und diesem Bart aussiehst? Möchtest du nicht ein bisschen auf dein Äußeres achten? Das wäre auch für dich gut. Schau dich einmal im Spiegel an, wie du aussiehst. So dick wie du geworden bist, ziehst du immer noch den Anzug von vor fünfzehn Jahren an. Du bist von morgens bis abends hier im Haus, aber diese Krawatte hängt immer noch um deinen Hals. Geh dort zu dem Spiegel und schau dir deinen zotteligen Bart an! Du siehst aus wie ein Bettler. Was ist nur mit dir passiert? Sag doch, was dir im Kopf herumgeht.«

Ich fasste mir an den Bart: »Bin ich sehr hässlich geworden?«

»Sehr.«

Ich wurde wütend: »Diese Krawatte riecht nach den Arbeitssitzungen bei Herrn Mossadegh. Er sagte immer: ›Vor der Weltöffentlichkeit gehört die Krawatte unbedingt zu der Ausstattung eines Politikers.‹«

Malektadsch schrie: »Politik? Was für Politik? Der Alkohol hat dich um den Verstand gebracht. Herr Mossadegh ist schon seit einem Jahr tot. Verstehst du?«

Ich lachte: »Herr Mossadegh ist tot? Haha! War Herr Mossadegh etwa sterblich, dass er jetzt tot sein soll?«

Dann fragte ich traurig: »Malektadsch, Herr Mossadegh ist tot?«

»Es ist bestimmt ein Jahr her. Die Zeitungen haben es geschrieben.«
»Aber er ist eben, bevor der Strom ausfiel, an diesem Zimmer vorbeigegangen. Er hatte diesen zweireihigen Anzug an, den mein Schneider für ihn genäht hatte.«
Der Strom war ausgefallen. Im Schein der Kerze zitterte Malektadschs Schatten an der Wand. Ich blickte nur auf diesen Schatten, der die Hälfte der Wand bedeckte. Ich sprach den Schatten an: »Malektadsch, bin ich sehr hässlich geworden? Ich habe mich verändert, nicht wahr?«
Der Schatten antwortete: »Du hast dich verändert und du bist unerträglich geworden. Schneide dir ordentlich die Haare! Zieh etwas Sauberes und Passendes an! Ändere dein Benehmen! Dann wirst du wieder du selbst sein.«
Ich versank in Gedanken, und der Schatten glaubte, er hätte mich verletzt. »Was meinst du, soll ich ein paar Hühner kaufen und im Garten halten? Nur so zur Abwechslung?«
Herr Mossadegh schüttelte den Kopf »Diese Frau denkt nur ans Vergnügen. Mohsen, geh schon, spiel mit den Hühnern und kümmere dich nicht mehr um mich! Kauf auch ein paar Kanarienvögel und Brieftauben und lass sie hier herumfliegen. Maulbeerbäume habt ihr ja auch. Wie wäre es mit einer Seidenraupenzucht? Was soll ich noch sagen? Du und deine Frau, ihr könnt einen fertig machen! Dauernd hört ihr auch noch die Platten dieser Sängerin, Delkesch.«
Ich sagte: »Malektadsch, ich will keine Vergnügungen mehr. In diesem Haus wird in Zukunft weder eine Blume gepflanzt noch werden Hühner hierher gebracht. Ich sperre alle Freuden des Lebens aus diesem Haus und für mich aus.«

»In Zukunft willst du das tun? Das tust du doch schon die ganze Zeit!«

»Malektadsch, geh einfach. Bleib nicht hier. Verschwende nicht dein Leben!«

Herr Mossadegh bekräftigte: »Ja, sie muss gehen. Ihre Anwesenheit hält uns von der Arbeit ab.«

Malektadsch glättete die Erde in den Beeten und wusch ihre Hände an den Stufen des Wasserbeckens: »Du willst dich selbst quälen, um dein Gewissen zu beruhigen, richtig? Aber ich liebe dich mehr, als dich wegen dieses Geredes zu verlassen. Du brauchst dir gar nicht einzubilden, dass ich von hier weggehe. Ich gehe nicht. Ich bleibe, bis ich sterbe.«

Herr Mossadegh mischte sich ein: »Diese Göre ist ganz schön störrisch und verzogen. Schrei sie an: ›Ich jage dich davon!‹«

Ich schrie sie an: »Du wirst schon sehen. Ich werde dich davonjagen.«

Herr Mossadegh bekräftigte wieder: »Ja, man muss sie davonjagen. Es bleibt uns nichts anderes übrig.«

Dr. N. holte während des Essens sein Gebiss heraus, legte es auf den Tellerrand und starrte Malektadsch in die Augen, während er Alkohol trank. Malektadsch sagte: »Mann, was sind das für Spinnereien, die du dir herausnimmst? Du hast so viele Jahre dieses Haus nicht verlassen, dass du nicht mehr normal bist.«

»Ich will, dass du meine falschen Zähne siehst und dir der Appetit vergeht.«

»Der Appetit ist mir schon vor Jahren vergangen, seit ich

dein vergammeltes Auftreten sehe. Es ist gar nicht mehr nötig, dass du deine schmutzigen Zähne herausholst.«
Ich gab zurück: »Du lügst. Ich schwöre bei der Seele von Herrn Mossadegh, dass du lügst. Wenn du die Wahrheit sagen würdest, wärst du doch schon längst verschwunden.«
»Sag doch selbst: Verliert man nicht den Appetit, wenn man dauernd jemanden vor Augen hat, der den Tag mit Whisky beginnt und den Abend mit Whisky beendet, der ständig in die Beete kotzt, ständig im Garten vor Betrunkenheit umfällt und immer säuerlich nach Erbrochenem stinkt?«
Dr. N. nahm sein Gebiss heraus: »Du hast vergessen zu erwähnen, dass ich ins Wasserbecken pinkle – oder in die Beete, oder an deine geliebten schweigenden Zwillinge. Was macht das für einen Spaß, sie anzupinkeln!«
»Warum machst du das? Warum reizt du mich dauernd? Und wie unflätig du sprichst!«
»Du bist selbst schuld. Du hast mir die letzte Scham genommen. Du hast meine Whiskyflaschen zerbrochen. Und das lass dir gesagt sein: Wenn du noch einmal diese Platte von Glenn Miller spielst, schlage ich das ganze Grammophon mitsamt der Schallplatte zusammen.«
Es war einer dieser öffentlichen Trauertage und überall war geschlossen – vor allem die Spirituosenhandlungen. Wie hätte man an diesem Tag neuen Alkohol besorgen sollen, als Malektadsch all meine Flaschen zerschlug? Als ich das Zerbrechen von Glas hörte, habe ich mein Schlafzimmerfenster geöffnet und in der Morgendämmerung gesehen, dass Malektadsch die Flaschenhälse an den Rand des Was-

serbeckens schlägt und ruft: »Ich habe jetzt genug von diesem Alkohol.« Ich schrie: »Malektadsch, zerbrich die Flaschen nicht, ich bitte dich.«

Unter dem Geräusch des Zerbrechens der Flaschen antwortete sie: »Ich kann nicht weiter still sitzen und zusehen, wie du dich kaputt machst.«

Bis ich mit meinem steifen Bein vom oberen Stockwerk herunter kam, waren alle Flaschen zerbrochen und der ganze Garten roch nach Whisky. Ich begann zu weinen, und Malektadsch lachte: »Der Mann, der niemals weinte, flennt so bitterlich um ein paar Flaschen Alkohol. Wie jämmerlich und hilflos er geworden ist. Man sollte die gesamte Menschheit hier in diesen Garten holen, damit alle sehen, was aus diesem stolzen und zuversichtlichen Mann aus dem Kabinett von Herrn Mossadegh geworden ist.« Ich stellte mich vor sie und erhob meine Hand, um ihr hart ins Gesicht zu schlagen. Meine Hand schwebte noch in der Luft, als sie mich fest anblickte: »Wenn du den Mut hast, schlag doch zu!« Meine Hand sank nicht. Malektadsch fuhr fort: »Schlag schon zu! Worauf wartest du noch? Bring es hinter dich, schlag zu! Schlag zu, vielleicht kannst du dich so an mir rächen.« Sie schrie: »Schlag schon zu, du verdammter Idiot.« Dann konnte sie es nicht mehr ertragen. Sie fing an zu weinen und sank mir zu Füßen: »Mohsen, warum bist du so geworden? Es quält mich, dich so zu sehen. Ich kann dich nicht so hilflos und elendig sehen. Ich ertrage das nicht, Mohsen –«

Ich erwiderte: »Malektadsch, ich kann dir diese Grausamkeit nicht verzeihen. Ich schwöre bei Herrn Mossadegh, dass du für diesen Tag bezahlen wirst. Mein Magen brennt. Woher soll ich jetzt Whisky bekommen.«

Ich ging und pinkelte in den Samowar. Beim Mittagessen warf ich mein Gebiss in die Schüssel mit dem Gulasch, die auf dem Tisch stand. Malektadsch sagte: »Mohsen – was machst du da?« »Ich räche mich an dir für das Zerbrechen der Whiskyflaschen, Malektadsch. Ich werde alles tun, damit du bereust, was du gemacht hast.«

Malektadsch lachte künstlich: »So wie du nach dem Interview alles bereut hast?«

Ich nahm aus dem Bad das Shampoo vom Regal und trank die ganze Flasche aus. Dann kotzte ich auf den Esstisch. Ich hatte heftige Bauchschmerzen. Mein ganzer Körper brannte. Ich schrie: »Malektadsch, ich werde dir das Leben zur Hölle machen, so werde ich dich quälen.«

Malektadsch saß zurückgelehnt im Sessel und strickte: »Aber du quälst dich selbst. Gott weiß, wie du dich in deinem Zimmer allein gequält hast, als deine Mutter starb.«

Der ganze Garten war schneebedeckt. Durch das Wohnzimmerfenster sah ich einen Mann, der einen schwarzen Mantel trug. Seine graue Hose sah unter dem Saum seines Mantels hervor. Er hatte einen roten Schal um den Hals geschlungen. Er war ein Spiegelbild des früheren Dr. N. Neben dem zugefrorenen Wasserbecken drehte er den Hut in seinen Händen und sprach mit Malektadsch. Als er auf das Haus zuging, stieg ich die Treppe nach oben, schloss mich in mein Zimmer ein und drehte den Rücken zur Tür. Der Gast stand vor meiner Tür und sagte: »Bruder, die Mutter liegt im Sterben. Komm, um dich von ihr zu verabschieden! Es ist ihr letzter Wunsch, dich zu sehen.«

Ich blieb still. Mein Bruder drängte: »Ich bitte dich, komm heraus!«

Ich kam nicht, und er ging. Als er die Gartentür hinter sich geschlossen hatte, lehnte ich meinen Stock gegen die Wand, legte mich bäuchlings auf das Bett und weinte von ganzem Herzen um meine Mutter, die ich doch so sehr liebte.

Malektadsch sagte: »Du hättest sie vor ihrem Tod besuchen sollen.« Ich sagte nichts. Herr Mossadegh warf ein: »Deine Mutter war doch nicht mehr wert als die Mutter von Dr. Fatemi, oder?«

Meine Augen füllten sich mit Tränen: »Nein. Ich weiß nicht. Vielleicht.«

Im Wohnzimmer trank ich einige Schlucke Whisky und betrachtete das Bild von Herrn Mossadegh, seinen Ministern und Vizeministern, das an der Wand hing. Ich ging näher und sah, dass die Gestalt von Dr. N., der genau hinter Herrn Mossadegh stand, schwarz geworden war und alle, die in vier Reihen hinter Herrn Mossadegh standen, mich noch nach dreiundzwanzig Jahren sarkastisch anstarrten. Die Kamera klickte. Der Fotograf sagte: »Das Bild ist fertig. Die Herren können sich wieder bequem hinstellen.« Die Reihen auf den Treppen lösten sich wieder auf und der Kopf, der von all den anderen Köpfen nun schwarz geworden war, beugte sich auf einen Fingerzeig von Herrn Mossadegh zu ihm, um ihm sein Ohr zu leihen. Dr. Mossadegh flüsterte mir ins Ohr: »Mohsen, sag dem Fotografen, er soll einen zusätzlichen Abzug machen. Den werde ich deinem Onkel geben. Er wird sich freuen, dich und mich nebeneinander zu sehen.« Das Gemurmel der Männer auf den Treppen erreichte das Zimmer. Dann wurde es zu einem einzigen Ruf »Verräter«, »Verräter«. Menschen mit großen Mündern kamen aus dem Bild, umringten mich und skandierten: »Verräter, Verräter, Verräter...« Ich sagte: »Schaut mich heute nicht so an. Heute ist Malektadsch gestorben, und ich bin sehr traurig.« Ich trank einige Schluck Whisky aus dem Flachmann: »Ich bitte euch, heute ist nicht der Tag, um mich anzustarren. Heute ist meine Frau gestorben. Die Frau, von der Herr Mossadegh sagt, sie sei wie Leili aus der Liebesgeschichte.« Aber sie sahen mich weiter an und verstummten nicht. Das bekümmerte mich sehr. Als sie in das Bild zurückgegangen waren, baute ich mich vor ihnen auf, streckte ihnen meinen Kopf entgegen und schrie: »Heute ist meine Frau gestorben. Ihr habt kein Recht, mich Verräter zu nennen! Ihr habt kein Recht mich anzustarren!« Aber sie riefen weiter wie aus einem Mund: »Verräter! »Dr. N. wurde wütend und schlug mit der Faust gegen das Glas des gerahmten Bildes. Er kniete vor dem Bild und begann zu weinen: »Ihr habt kein Recht, mich so anzusehen ... Ihr habt kein Recht ... Seit so vielen Jahren quäle ich mich hier in diesem Haus ... Seit so vielen Jahren zahle ich für dieses Interview ... Ich konnte nicht wie Dr. Fatemi sein . . . Ich konnte es nicht . . . Ich wollte es, aber ich konnte es nicht ... Jeder, der Ministerpräsident wurde, hat mir einen Brief geschrieben und mich in sein Kabinett eingeladen ... Habe ich mich etwa darauf eingelassen? . . .

Habe ich ihnen überhaupt geantwortet? Habe ich die Briefe nicht zerrissen und in den Papierkorb geworfen? Ich habe Herrn Mossadegh verehrt … aber die haben Malektadsch gefoltert. Immer schaut ihr mich an … Immer straft ihr mich mit euren Blicken … Immer quält ihr mich mit euren Augen … Seit Jahren hatte ich keinen glücklichen Tag mehr in meinem Leben … Seit Jahren trage ich allen Kummer der Welt in meiner Brust … Was wollt ihr noch von mir? … Wollt ihr meine Hände zittern sehen? … Schaut euch dieses Gesicht an, das, wie Malektadsch sagt, zu doppelter Größe aufgequollen ist! Schaut euch diese Einsamkeit und dieses Unglück an! … Was muss ich sonst noch tun, damit ihr mich nicht mehr so anseht? … Habt ihr denn gar kein Mitleid mit mir? … Mit mir, der ich Dutzende von Anzügen besaß … der ich so viele Paar Schuhe und Rasierwässer hatte … der ich nie ein Buch aus der Hand legte … Ich wollte der beste Jurist dieses Landes werden … ich wollte der prominenteste Professor der Universität werden … ich wollte meinen Namen in allen Enzyklopädien erscheinen sehen … Aber wo bin ich jetzt? … Wer bin ich? … Was bin ich überhaupt? … Mein Onkel hat immer gesagt: Geld allein reicht nicht aus, um glücklich zu sein … Ich erinnere mich immer noch genau an die Worte meines Onkels … Er kam in dieses Zimmer hier und sagte: Du bist nicht mehr mein Neffe … Warum hat er nur verfügt, dass man Malektadsch nicht von seinem Tod unterrichten solle? … Als Malektadsch das hörte, hat sie so sehr geweint … Sie hat sich auf die Kante dieses Sessels gesetzt und eine Woche lang nichts gegessen … und ich habe sie nicht getröstet ... ich dachte, vielleicht geht sie so endlich weg ... ich dachte, vielleicht begreift sie so, dass ich es nicht wert bin, sie zu lieben ... Warum ist sie nicht gegangen? ... Ihr, die ihr mich so lange Jahre aus diesem Bild heraus anstarrt, sagt mir, warum sie nicht gegangen ist? ... Ihr habt verloren, aber ich habe auch nicht gewonnen ... Herr Dr. Fatemi, Sie haben auf diesen Stufen zu mir gesagt: ›Der alte Mann macht sich Sorgen.‹ ... und ich habe geantwortet: ›Er braucht sich keine Sorgen zu machen. Solange wir da sind, hat er Unterstützung.‹ Ich habe nicht gelogen ... Wenn ich nicht das Weinen von Malektadsch gehört hätte, läge auch ich jetzt neben Ihnen ... In diesem Grab, von dem ich nicht weiß, wo es ist, wäre ich Ihnen zu Diensten ... Wäre es nicht wegen Malektadsch gewesen, hätte ich mir schon vor langer Zeit die Pulsadern aufgeschnitten ... Wenn sie doch gegangen wäre ... Wenn ich ihr doch zuwider geworden wäre ... dann hätte ich mir unbesorgt die Pulsadern aufschneiden können ... Aber sie ist nicht gegangen, sie ist meiner nicht überdrüssig geworden ... Ihr wisst doch ... Malektadsch und ich waren schon seit unserer Kindheit ineinander verliebt ... obwohl wir uns gegenseitig so schlecht behandelt haben ... wollten wir doch eigentlich nie etwas Schlechtes für den anderen ... sie hat die Whiskyflaschen eben zerbrochen ... was macht das schon ... Was macht das schon, dass ihr mich seit Jahren aus diesem Foto heraus anstarrt ... Dr. N. ist ein reicher und ehrenwerter Mann ... Dr. N. ist ein liebenswürdiger Mann mit Charakter ... ein Haar von Dr. N. ist mehr wert als Hunderte wie Dr. Amini ... Erinnern Sie sich, Herr Mossadegh? Warum haben Sie immer so lobend von mir gesprochen? ... Diese lobenden Worte waren das Geheimnis meiner Ergebenheit Ihnen gegenüber ... Warum haben Sie mich immer so mit Lob überhäuft und von mir geschwärmt? ... Dr. N., Dr. N. und wieder Dr. N. ... Mein Vater hat gesagt: ›Brich niemals dein Wort, mein Sohn!‹ ... Ich habe mein Wort gebrochen, selbst wenn Malektadsch sagt, ich hätte es nicht getan ... selbst wenn meine Mutter kommt und mir durch die Tür zuruft, Herr Mossadegh würde sagen, ich hätte es nicht getan ... Ich habe mein Wort gebrochen.. In diesem öffentlichen Bad, in dem nachts nur die Sterne meine Einsamkeit begleiteten ... Ich gebe kein Interview, Sie können mich schlagen, so viel Sie wollen ... Ich werde nie etwas gegen Herrn Mossadegh sagen ... unter der Voraussetzung, dass ihr Malektadsch nicht quält ... ich kann es nicht ertragen, sie schreien zu hören ... ich kann es nicht ertragen, wenn sie weint ... ich liebe sie ... ich liebe sie so sehr ... Herr Mossadegh, Dr. N. liebt seine Frau so sehr ... wenn sie seine Frau nicht vergewaltigen wollen, wird er bis zum Tod Widerstand leisten ... ich gebe Ihnen mein Ehrenwort ... Was hat sie an dem Tag, als ich unsere Hochzeitsbilder zerriss und in den Garten streute, geweint ... Unter Tränen versuchte sie die Fetzen wieder zusammenzukleben ... aber es ging nicht ... Man konnte nicht erkennen, wessen Ohr das nun war oder wessen Nase ... Wie hat sie geschrieen! ... Wie hat sie geflucht ... ich habe gelacht ... sie hat geheult ... ich habe gelacht ... sie hat geweint ... Als ich nachts zu ihr ging, um ihre Stirn zu küssen, waren ihre Augen geschlossen, aber in ihrem Augenwinkel hing noch eine Träne ... wie hat mich diese Träne geschmerzt ... Jetzt, heute ist sie gestorben ... Meine Malektadsch ist tot ... die Malektadsch, die in ihrem weißen Hochzeitskleid neben mir in dem blumengeschmückten Pavillon stand und dem Fotografen zulächelte, ist tot ... Oh Gott, meine Malektadsch ist tot, warum fühlt denn keiner mit mir?« Ich schlug mit der Faust gegen die Wand und schrie: »Warum versteht mich denn keiner?« Ich streckte mich bäuchlings auf dem Boden aus und legte mein Gesicht in meine Hände: »Gott, warum versteht mich denn keiner?«

Malektadsch fragte: »Hast du auch geweint?« Ich antwortete: »Nie.«

Eine Zeit lang lag ich auf dem Teppich ausgestreckt. Als ich mich etwas beruhigt hatte, drehte ich mich auf den Rücken und starrte zur Decke. Das Haus war voll Stille. Dr. N. war durch die vergossenen Tränen etwas ruhiger geworden und hing für eine kurze Zeit nicht mehr den Erinnerungen nach. Er rückte sein steifes Bein mit der Hand zurecht. Dann verschränkte er die Hände hinter dem Kopf und schloss die Augen. In seinen Ohren dröhnte es. Das Geräusch eines Flugzeugs, das die Schallmauer durchbrach, brachte die gläsernen Tropfen des Kristallleuchters zum Erzittern. Das Brennen in seiner Hand ließ Dr. N. die Augen öffnen. Er holte seine rechte Hand hinter dem Kopf hervor und betrachtete sie. Die Hand, die einmal in der Hand von Mossadegh gelegen hatte, und mit der er gesagt hatte: »Herr Mossadegh, ich gebe Ihnen mein Ehrenwort, dass ich Ihnen treu ergeben bleibe, solange ich lebe« – diese Hand war blutig, Glassplitter von dem Bilderrahmen hatten sich in sie hineingebohrt. Er stand auf und holte von dem Sims neben dem Bild von Malektadsch ein weißes Taschentuch, das er sich um die Hand wickelte. Dann bückte er sich, ergriff seinen Stock und ging in den Flur. Vor der verschlossenen Tür zu Malektadschs Zimmer blieb er stehen. Der Geruch von Malektadschs Körper, der sich im Laufe der Zeit verändert hatte und dem selbst der Wohlgeruch der Seife nicht mehr den Duft der Jugend zurückgeben konnte, erfüllte den Korridor. Es war Nacht. Ich ging zu Malektadsch und sagte: »Malektadsch, steh auf und schminke dich! Ich habe Lust, mit dir zu schlafen.«

Malektadsch drehte sich um: »Mohsen, es ist spät. Geh in dein Zimmer schlafen.«

»Ich möchte, dass du dich immer für mich hübsch machst. Du sollst, wenn es sein muss mit Gewalt, die Falten in deinem Gesicht unter Puder und Lippenstift verbergen, damit du für mich so schön bist wie in den Tagen deiner Jugend.«

»Geh schlafen! Und mach die Tür hinter dir zu.«

Als der Mond sich zwischen den Zweigen der Maulbeerbäume verfangen hatte, ging Dr. N. wieder in das Zimmer von Malektadsch und küsste sie auf die Stirn. Er schlug die Decke zurück und wollte sich neben sie legen, als Malektadsch aus dem Schlaf hochschreckte und aufbegehrte: »Mohsen, was machst du in meinem Schlafzimmer?«

»Weißt du, es ist mein größter Wunsch, nur noch einmal mit dir zu schlafen und deinen nackten Körper zu spüren.«

»Das Miteinanderschlafen ist vorbei. Dafür sind wir jetzt zu alt geworden. Wir hatten all die Jahre Gelegenheit und haben sie nicht genutzt. Du hast immer gesagt: ›Vor Herrn

Mossadegh können wir doch nicht Sex haben.‹ Jetzt ist es zu spät für Sex. Ich bitte dich, komm nicht mehr in mein Schlafzimmer. Sonst bin ich gezwungen, nachts meine Tür abzuschließen.«

Wenn ich nicht schlafen konnte, bin ich immer die Treppe hinunter geschlichen und habe mit den Fingern leise an die verschlossene Tür von Malektadschs Schlafzimmer geklopft: »Malektadsch, mach auf! Lass mich wenigstens deine Stirn küssen.«

Aber Malektadsch antwortete hinter der Tür: »Diese Tür bleibt nachts für dich verschlossen. Geh schlafen!«

»Malektadsch, mach die Tür auf! Ich muss deine Stirn küssen!«

»Ich kann sie in keinem Fall öffnen. Steh nicht sinnlos vor der Tür herum.«

Meine Hand brannte. Das Blut drang langsam durch das Taschentuch, das ich umgebunden hatte. Ich stand immer noch an der Tür von Malektadschs Schlafzimmer, als ich sah, dass Malektadsch in der Flurtür stand. Sie hatte ihr Haar nach hinten zusammengebunden. Sie sah heiter und lebensfroh aus, wie in den Tagen vor dem Staatsstreich. An ihrer Schönheit war zu erkennen, dass sie geliebt und behütet aufgewachsen war. Sie sagte: »Sobald ich merke, dass wir alt geworden sind, werde ich unsere Betten trennen. Ich möchte, dass wir uns immer an die glücklichen Tage unserer Jugend erinnern. Ich wünsche mir, dass wir uns im Alter gegenseitig an unsere jungen Körper erinnern und daran Genuss finden.«

Es war Nacht. Eine heiße Nacht. Damit das Keuchen und

die Schreie der Lust nicht nach außen drangen, hatten wir das Fenster des Schlafzimmers geschlossen. Unsere kräftigen jungen Körper waren ineinander verschlungen. Als wir fertig waren und Malektadsch das Fenster öffnete, füllte sich der Raum mit dem Duft der Levkojen, der hinter dem Fenster gewartet hatte. In dieser mondhellen Nacht bereitete es ein solches Vergnügen, ihren nackten Körper, ihre schlanke Taille, die Wölbung ihrer Brüste und ihrer Hüften, ihre auf die Schultern fallenden Haare zu sehen, dass sich diese Erinnerung auf ewig in das Gedächtnis von Dr. N. eingeprägt hatte. Als Herr Mossadegh Dr. N. am nächsten Tag in sein Zimmer rief, sagte er: »An den Ringen um deine Augen kann man erkennen, dass du gestern wenig geschlafen hast.« Ich lächelte und sagte nicht, dass ich in den Nächten erst nach einer leidenschaftlichen Umarmung einschlafen kann. Nur zu Malektadsch sagte ich: »Weißt du, ohne Sex einzuschlafen ist eine Sünde.«

Und sie erwiderte: »Es ist wirklich eine große Sünde, bei Gott. Solange wir noch nicht alt sind, sollten wir unsere Jugend so gut wie möglich nutzen.«

Ich protestierte: »Heißt das etwa, dass es dann dieses Vergnügen nicht mehr geben soll?«

Malektadsch küsste meine schweißnasse behaarte Brust: »Nein, das gibt es dann nicht mehr. Ich erlaube nicht, dass jemand meinen alten verrunzelten Körper sieht.«

Ich küsste ihren Scheitel: »Sogar ich nicht?«

Malektadsch strich mit ihren Haaren über meine Brust: »Gerade du nicht. Soll etwa noch jemand anderes meinen nackten Körper sehen?«

»Dann sollten wir uns ranhalten, solange wir noch nicht alt geworden sind.«

»Für heute war es genug. Alles andere soll für morgen bleiben.«

Ich starrte auf dem Flur in einen dunklen Winkel und hörte mich selbst sagen: »Schade, dass Herr Mossadegh überall um uns ist. Schneller, als ich dachte, hatten wir keine Gelegenheit mehr, uns ranzuhalten. Diese Nächte vor dem Staatsstreich werden sich nie mehr wiederholen. Was für Nächte das waren. Die frische Nachtluft drang in unser Schlafzimmer und streichelte unsere erhitzten, schweißglänzenden Körper.«

Ich trat von der Tür zu Malektadschs Schlafzimmer zurück. Ich ging bis zur Schwelle meines Zimmers und lehnte mich an den Türrahmen. Ich blickte auf die leeren Stühle neben den Beeten. Eine Schar von Spatzen flog von den Zweigen auf und zerbrach die Stille des Gartens. Malektadsch lehnte sich gegen den Baumstamm. »Malektadsch, du bist auch ohne Schminke schön für mich. Aber ich liebe es noch mehr, wenn du dich hübsch gemacht hast. Schade, dass du nicht mehr auf deine Kleidung achtest. Du gefällst mir in hübschen Kleidern so sehr.« Malektadsch lachte, roch an der Rose, die sie in der Hand hatte, und steckte sie sich in den Ausschnitt: »Jetzt, wo ich tot bin, sagst du mir so etwas?«

»Vor dem Staatsstreich habe ich dir das doch oft gesagt. Nach dem Staatsstreich gab es dann leider keine Gelegenheit mehr dazu.«

Herr Mossadegh lockerte an der Tür zum Korridor seinen

Krawattenknoten: »Gelegenheit gab es natürlich. Sag ihr, du wolltest es nicht mehr sagen.«

Das Fenster zu Malektadschs Zimmer stand offen, und man hörte von dort die Melodien von Glenn Miller. Sie hatte ihre Arme ausgestreckt, drehte sich und tanzte mit einem Mann, der die Erinnerung an Dr. Mohsen N. in mir weckte, um das Wasserbecken. Sie sagte: »Erinnerst du dich, wie oft wir zu dieser Musik getanzt haben, als wir neu in dieses Haus eingezogen waren?«

Ich erinnerte mich, wie wir jeden Abend alle Lichter im Haus angezündet hatten, die Fenster offen stehen ließen und das Grammophon bis zum Anschlag laut stellten. Dann tanzten wir miteinander – im Flur, im Garten, in den Zimmern, um das Wasserbecken. Ich antwortete: »Nein, ich erinnere mich nicht. Lass mich in Ruhe!«

Dr N. hielt es nicht mehr aus. Seine Augen füllten sich mit Tränen. Er ging den Weg von seiner Tür zurück, und noch bevor er wieder an Malektadschs Schlafzimmertür gelangte, fuhr Malektadsch am Esstisch fort: »Mohsen, erinnerst du dich, wie viel wir immer miteinander redeten? Ich meine früher. Damals, als wir noch nicht verheiratet waren und uns nachts heimlich auf dem Dach auf den Rücken gelegt haben und die Sterne beobachteten. Was wir für Pläne hatten. Erinnerst du dich, was wir uns alles sagten? Wir wollten nach unserer Hochzeit jede Woche in unserem Haus ein großes Fest geben. Du sagtest immer: ›Ich werde unsere Jungen erziehen und du musst dich um die Mädchen kümmern.‹ Dann sagtest du, du hoffst, dass unsere Töchter so hübsch werden wie ich, denn ich sei das hübscheste Mädchen in unserer Familie. Kannst du dich erinnern?«

Ich schob mir einen Bissen in den Mund: »Nein.«

»Erinnerst du dich, wie du mir immer geschmeichelt hast? Du hast gesagt, wenn du auch hundert Mal sterben und wieder auf die Welt kommen würdest, würdest du dir doch immer wieder mich aussuchen. Du würdest dich jedes Mal wieder in mich verlieben. Wer hätte gedacht, dass wir eines Tages so dastehen würden? Seit Jahren sind wir in diesem Haus allein. Seit Jahren haben wir die weißen Tücher nicht von den Möbeln im Salon genommen. Ich bin so lange nicht dort gewesen, dass ich mich wirklich fürchten würde hineinzugehen.«

Dr. N. erinnerte sich, dass er erwiderte: »Um so besser.« Er beobachtete eine Eidechse, die die Wand hinauflief und fühlte, dass all seine Hoffnungen auf die Zukunft verschwunden waren und sich solch tiefe Schatten auf seine Seele gelegt hatten, dass es keinen anderen Weg mehr gab, als sich für immer neben Malektadsch zu legen. Sie sagte: »Warum schweigst du? Warum füllst du unser Leben nicht mit Worten?«

Herr Mossadegh zog vor dem großen Spiegel im Flur seinen Krawattenknoten fest: »Sie wollte dich nur unruhig machen. Weißt du, sie ist nicht nur ein Verräter, sondern auch noch trotzig. Zum Beispiel hat sie in diesen dreiundzwanzig Jahren nicht einmal ihr Gesicht im Spiegel angesehen.«

»Warum sagen Sie das, Herr Mossadegh? Malektadsch hat doch nichts getan.«

»War das etwa nichts, dass du zwischen ihr und mir sie vorgezogen hast? Was ist das sonst? Das ist es doch. Du hast mir vor den Augen des seligen Dr. Fatemi die Hand gegeben und geschworen: ›Solange ich lebe, bin ich Ihnen treu ergeben.‹ Begreifst du immer noch nicht? Mit dieser deiner blutigen Hand hast du mir dein Wort gegeben. Aber wegen Malektadsch hast du dann deine politische Ehre verraten.«
»Herr Mossadegh ...«
Herr Mossadegh war zornig geworden und, bevor er den Flur verließ, sagte er noch: »Nimm meinen Namen nicht in den Mund! Erinnerst du dich, was du in diesem Interview alles gegen mich gesagt hast? Ein Haar des seligen Dr. Fatemi ist mehr wert als Hunderte von deiner Sorte.« Dr. N. trat vor Malektadschs Schlafzimmertür von einem Fuß auf den anderen. Er hatte nicht den Mut, die Tür zu öffnen. Er fürchtete sich davor, dem leblosen Körper seiner Frau gegenüberzustehen; diesem Körper, über den er den Männern, die sie gebracht hatten, gesagt hatte: »Wenn ihr durch die Tür in das Haus hineingegangen seid, legt ihn auf das Bett in dem linken Zimmer – die Füße bitte in Richtung Fenster!«
Ich drückte die Türklinke herunter. Ich war aufgewühlt. Ich betrat das Zimmer. Malektadsch lag in eine Decke eingehüllt auf ihrem Bett. Licht und Schatten einiger belaubter Zweige tanzten auf einem Teil der Wand und der Wolldecke. Malektadsch sprach: »Seit ich alt geworden bin, sind diese Bäume nicht mehr meine Kinder«
Ich antwortete: »Diese zwei Bäume waren noch nie unsere Kinder. Weil du ein verwöhntes kleines Mädchen

warst, hast du damals solche Sprüche von dir gegeben – und ich bin darauf eingegangen.«

Malektadsch fing an zu weinen: »Mohsen, du hast kein Recht, so mit mir zu reden.«

»Ich rede so mit dir, wie es mir gerade passt. Warum hast du meine Whiskyflaschen zerbrochen?« Malektadsch brachte unter Schluchzen hervor: »Seither sind zwei Jahre vergangen. Was bist du für ein schrecklicher und rachsüchtiger Mensch. Von wem hast du das nur, dass du dich so aufführst?«

»Du führst dich doch noch viel unmöglicher und trotziger auf.«

Malektadsch fragte sanft: »Wann habe ich mich unmöglich und trotzig aufgeführt?«

»Dass du nicht endlich verschwindest, ist doch der reine Trotz.«

»Warum verstehst du nicht, dass ich dich liebe?«

»Warum willst du nicht verstehen, dass der Mensch, den du vor dem Staatsstreich geliebt hast, nicht der gleiche Mensch wie nach dem Staatsstreich ist?«

Herr Mossadegh fragte: »Wo hat er sich denn verändert?«

Dr. N. sagte: »Überhaupt war der, der im Radio das Interview gegeben hat, Dr. Fatemi, nicht Dr. N.«

Herr Mossadegh lachte: »Wirklich?«

Dr. N. erwiderte: »Ja.«

Dr. Mossadegh fragte spöttisch: »Warum haben sie ihn dann umgebracht und dich am Leben gelassen?«

»In Wahrheit haben sie Dr. N. umgebracht und Dr. Fatemi, der ich doch bin, durch plastische Chirurgie so aussehen lassen wie Dr. N.«

Dr. Mossadegh an der Tür schüttelte sich vor Lachen: »Was hast du dann hier mit der Frau von Mohsen zu tun?«

Dr. N. antwortete: »Ein Verräter und Betrüger ist eben ein Verräter und Betrüger. Er betrügt auch die Frau von Dr. N., unserem Volkshelden.«

»Eine tolle Geschichte!«

Ich sagte zu Herrn Mossadegh, der auch ins Zimmer getreten war: »Bitte verlassen Sie das Zimmer. Heute ist meine Frau gestorben, und ich möchte allein mit ihr sein.«

Herr Mossadegh zog die Augenbrauen hoch: »Bis jetzt ist es dir nicht eingefallen, so mit mir zu sprechen. Das hätte ich nicht von dir erwartet.«

»Herr Mossadegh, ich bitte Sie. Heute möchte ich mit meiner Frau alleine sein.«

»Du sagst doch, diese Frau ist gar nicht deine Frau.«

»Wie auch immer.«

»Bestimmt willst du dir auch noch den Gesang dieser Frau, dieser Delkesch, anhören?« Er verließ ärgerlich das Zimmer. Ich setzte die Nadel des Grammophons auf eine Platte von Delkesch. Die Platte war so alt und hatte so viele Wellen und Kratzer, dass es sich anhörte, als würde die Melodie von dem Gezwitscher von Spatzen begleitet:

Komm, meine Liebste, wieder zurück
Mach mir das Leben wieder süß
Auf ein Mal warst du nicht mehr hier
Nahmst mein Herz ohne Nachricht mit dir.
...

Ich ging zu Malektadschs Schminktisch. Was lagen da nicht alles für Dinge auf diesem Tisch. Es war deutlich zu sehen, dass all diese Schminkutensilien seit Jahren nicht mehr benutzt worden waren. Die Briefe, die ich ihr aus Paris geschrieben hatte, lagen noch dort. Ich nahm den Lippenstift, den Puder, die Wimperntusche und den Augenbrauenstift. Dann humpelte ich neben ihr Bett. Ich legte meinen Stock auf den Boden und die Schminksachen auf die Bettkante. Während ich vor dem Bett kniete, öffnete ich vorsichtig die Decke, die um Malektadsch geschlungen war. Wie war ihr Körper dünn und faltig. Wie waren ihre Brüste klein und welk. Ihr schneeweißes Haar war nicht mehr so voll wie früher. Die Farbe ihrer Haut spielte wie die Farbe von Toten zwischen grau und blau. Die Adern an ihren Füßen traten deutlich hervor. Wie viele Falten lagen um ihre Augen. Als ob sie schliefe und plötzlich erwachend mir Vorwürfe machen würde: »Mohsen, hatte ich dich nicht gebeten, niemals mehr mein Zimmer zu betreten?« Ich starrte eine Weile auf ihre geschlossenen Augen. Eigentlich wollte ich ihr Gesicht schminken, aber Schluchzen ergriff mich, und ich konnte es nicht. Ich bückte mich und drückte meine Lippen auf die ihren. Wie waren ihre Lippen eingetrocknet. Ich rieb meine Wange an ihrer. Ich legte ihre Hand auf meine und streichelte ihre langen, schmalen Finger. Es war dieselbe Malektadsch, die in Paris der unvergleichliche Star jeder Tanzveranstaltung gewesen war. Dieselbe Malektadsch, zu der ich, wenn sie als junges Mädchen mit ihrem Vater zu Besuch kam, immer sagte: »Noch bevor du selbst kommst, trägt der Wind den Duft deines Körpers zu uns in den Garten.« Ich drückte ihre Hand an meine Lippen. Dann legte ich sie wieder auf ihren Bauch zurück und küsste ihre Stirn: »Diese Rosen habe ich nicht zertreten. Es war Herr Mossadegh, der sie zertreten hat. Ich möchte mich für Herrn Mossadegh entschuldigen; für all das, was er getan hat, und auch für all das, was er gesagt hat.« Malektadsch stand auf und ging zum Fenster: »Mach dir nicht solche Vorwürfe! Das Wichtigste ist doch, dass du selbst weißt, dass du Herrn Mossadegh nicht verraten hast. Man kann doch nicht sein ganzes Leben wegwerfen, nur weil man einmal jemandem die Hand gedrückt hat.«

Dr. N. wandte seine Augen von dem Leichnam ab und blickte zum Fenster: »Malektadsch, ich habe Herrn Mossadegh meine Hand darauf gegeben. Mein Vater hat immer gesagt: ›Mohsen, wenn man jemandem etwas in die Hand verspricht, muss man sein Wort halten, selbst wenn es einen den Kopf kostet.‹«

»Genau dieses Geschwätz von deinem und meinem Vater hat dich unglücklich gemacht.«

»Malektadsch, lass uns ein andermal darüber sprechen. Jetzt habe ich Lust, deinen nackten Körper an meinem zu spüren. Wie in den Tagen, als wir Kinder waren, und uns in einer Vorratskammer unseres Hauses versteckten.«

»Mohsen, schäm dich! Schau die weißen Haare auf unseren Köpfen an, die Falten in unserem Gesicht! Für Leute in unserem Alter ist es hässlich, noch solche Sachen zu sagen oder solche Wünsche zu haben. Aber selbst wenn, erlaubt es dir denn Herr Mossadegh?«

Ich sagte: »Nein, er erlaubt es nicht. Aber ich habe ihn

jetzt zum ersten Mal hinausgeschickt, denn ich will die Erinnerung an die Tage vor dem Staatsstreich wieder lebendig werden lassen – und sei es auch zum letzten Mal. Die Erinnerung an jene Tage, als wir unter dem Feigenbaum saßen und Pläne für unsere Zukunft schmiedeten. Als wir nachts auf dem Dach lagen und uns unsere Geheimnisse zuflüsterten. Ich möchte die Tage unserer Kindheit wieder auferstehen lassen, als ich dich zitternd und ängstlich in der Vorratskammer geküsst habe. Jene Tage, als wir uns die Hände vor den Mund gehalten haben, um unser Lachen zu ersticken, damit es nicht in das Zimmer dringt, aus dem meine Mutter rief ›Kinder, wo habt ihr euch wieder versteckt?‹«

»Du kannst diese Tage aber nicht mehr lebendig machen, denn ich bin nicht mehr am Leben.«

Wieder küsste ich ihre Stirn. Mit den Fingerspitzen streichelte ich ihren Körper, von ihren Zehen bis zu ihrem Haaransatz. »Malektadsch, was soll ich machen ohne dich? Ich habe nie aufgehört, dich zu lieben; sogar dann nicht, als du meine Whiskyflaschen zerschlagen hast.« Malektadsch setzte sich auf die Bettkante. Ihr Kopf war gesenkt. Selbst in den leuchtenden Strahlen der untergehenden Sonne wirkte ihr Gesicht leblos. Ich sagte: »Malektadsch, und sollte es auch das letzte Mal sein, lass mich noch einmal bei dir liegen!«

Malektadsch antwortete: »Nein, es ist vorbei. Wir haben unser Leben gelebt. Alles, was war, ist nun Vergangenheit.«

Ich schminkte und puderte ihr Gesicht. Ihre Brauen färbte ich mit dem Augenbrauenstift schwarz. Ich bestrich ihre Lippen mit Lippenstift. Auf ihre Wangen stäubte ich

Rouge. Ihre Wimpern tuschte ich mit Mascara. Ich parfümierte ihren hageren Körper. Sie sah aus, wie in jenen Tagen, als wir in Paris waren; wie an jenem Abend, als bei einer Tanzveranstaltung dieser französische Frauenheld an unseren Tisch kam und fragte: »Erlauben Sie, dass ich mit Ihrer Frau tanze?« und ich mit finsterer Miene erwiderte: »Nein, ich erlaube es nicht.« Ich zog mich aus und stellte mich nackt neben das Fenster. Draußen war es immer noch Herbst und die rot und gelb gefärbten welken Blätter bedeckten einen Teil des Gartens und das Wasserbecken. Malektadsch lehnte gegen einen Baum und sah mir gerade in die Augen. Ihr Blick war voller Zufriedenheit und ein unglaublich süßes Lächeln lag auf ihren Lippen. Genau wie in den Tagen, als es noch keinen Staatsstreich gegeben hatte und wir noch glücklich waren; wir noch Wünsche und Hoffnungen hatten; und Herr Mossadegh noch nicht rund um die Uhr hinter mir her war; und ich noch nicht dieses Interview gegeben hatte. Ich drehte mich zum Bett um. Einige Zeit stand ich neben ihr. Dann küsste ich ihre Stirn und legte mich neben sie auf das Bett. Sie sagte: »Ich liege gern an der Bettkante.« Also ging ich auf die andere Seite des Bettes und legte mich zwischen sie und die Wand. Ich schob meine blutige Hand unter ihren Kopf und bettete sie auf meinem Arm. Bevor ich mich auf das Kissen ausstreckte, küsste ich sie auf die Wange: »Malektadsch, ich liebe dich so sehr. Sogar mehr als Herrn Mossadegh. In Wahrheit sogar, viel viel mehr als Herrn Mossadegh. Du warst immer die Freude meines Lebens. Wenn ich auch seit vielen Jahren keine Freude mehr empfinden kann.«

Malektadsch antwortete ganz trocken und leblos: »Jetzt braucht es auch keine Lebensfreude mehr. Jetzt ist alles vorbei, aller Kummer, alle Besorgnis, aller Starrsinn.« Ich legte meinen Kopf auf das Kissen zurück und atmete tief ein. Malektadsch zog in der Vorratskammer die Hände vor ihrem Mund weg und lachte. Sie lachte laut. Meine Mutter, die in der Küche war, hörte sie und sagte: »Ihr Schlingel, ihr habt euch schon wieder hinter meinem Rücken in der Kammer versteckt?« Der Wind heulte durch die Fensterritzen. Ich drückte Malektadschs Körper enger an mich. Nach so vielen Jahren spürte ich, wie ruhig ich werde, wenn ich den Körper meiner Geliebten fühle; welche Entspannung das für mich bedeutet. Herr Mossadegh schaute aus einem Winkel des Gartens heimlich durch die Scheiben ins Zimmer. Ich wandte meinen Blick von ihm ab, starrte an die Zimmerdecke und schloss meine Augen. »Ja, Malektadsch, alles ist vorbei. Du bist tot. Herr Mossadegh ist tot. Und auch ich bin tot.«

1. Auflage
© 2011 P. Kirchheim Verlag München

Aus dem Persischen von Tanja Amini

Alle Rechte vorbehalten, insbesondere des öffentlichen Vortrags sowie der Übertragung durch Rundfunk und Fernsehen, auch von Teilen. Kein Teil des Werkes darf in irgendeiner Form ohne schriftliche Genehmigung des Verlages reproduziert oder unter Verwendung elektronischer Systeme verarbeitet, vervielfältigt oder verbreitet werden.

Gestaltung und Satz: Johannes Steil – www.brotschrift.de
Umschlag: P. Kirchheim
und Cornelia Hamberger – www.doubleju-design.de
unter Verwendung eines Fotos von
© Ivan Bliznetsov / Fotolia.de
Druck und Bindung: SDL Berlin
Printed in Germany
ISBN 978-3-87410-118-9

www.kirchheimverlag.de